本当にあった？ 恐《きょう》怖《ふ》のお話 魔《ま》

たからしげる 編

hontou ni atta?
kyofu no ohanashi
MA

PHP

まえがき

このシリーズ（全三巻《かん》）には、主に児童書界《じどうしょかい》の第一線で活躍《かつやく》している三十人の著名《ちょめい》作家が、身のまわりで「本当にあった」出来事をもとに書き下ろした三十のお話を収《おさ》めています。どのお話も、「魔《ま》」「闇《やみ》」「怪《かい》」といったイメージにいろどられた、作者自身の「恐怖《きょうふ》」の体験《たいけん》がもとになっています。

神社へいってお祈《いの》りをする時、ついその気になって、人の不幸《ふこう》を願《ねが》ってしまうなんてことは、ありませんよね。そんなお祈《いの》りをしたら最後《さいご》、取りついてくるのは神様ではなくて魔物《まもの》と決まっていますから。

あなたの家には、となりの部屋の様子をだれにも気がつかれないようにのぞけるすきまが、どこかにあいていませんか？　もしあいていたら、だれだってやはり、そっと目をあててみたくなるはずです……。

この巻《かん》に収《おさ》められた作品群《ぐん》のキーワードは「魔《ま》」です。人間の悪意や邪念《じゃねん》が生みだした負のエネルギーが、形を変《か》えて成長《せいちょう》していくのです。そんな抵抗《ていこう》しようもない恐《きょう》怖《ふ》の物語が十編《ぺん》そろいました。その作風は大きく二つに分かれます。一つは、「本当にあった」ことをもとに作家としての想像力《そうぞうりょく》をさらに加《くわ》えて、一つの物語に仕上げたものです。もう一つは、作家自らが体験《たいけん》したり見聞きしたりしたさまざまな種類《しゅるい》の恐《きょう》怖《ふ》の出来事を、そのまま紹介《しょうかい》したものです。

この一冊《さつ》を読んだ人は、残《のこ》るキーワードが「闇《やみ》」「怪《かい》」の二冊《さつ》にもぜひ、目をとおしていただければと思います。また、「不思議《ふしぎ》」「奇妙《きみょう》」「不可解《ふかかい》」をキーワードにした、このシリーズとは重ならない著名《ちょめい》作家三十人による既刊《きかん》、「本当にあった？ 世にも～なお話」シリーズ（全三巻《かん》）のほうも、まだ読んでいないという人はぜひ手に取っていただけたら、編者《へんじゃ》としてこの上ない喜《よろこ》びです。

二〇一八年　春

編者《へんじゃ》　たからしげる

本当にあった？恐怖《きょうふ》のお話・魔《ま》

〈目次〉

まえがき

メラメラファイヤー　みずのまい……8

おいでおいで　赤羽《あかはね》じゅんこ……24

ヒガンバナ　竹内《たけうち》もと代《よ》……41

黒い波　吉野万理子《よしのまりこ》……59

霊《れい》を呼《よ》ぶベンチ　川北亮司《かわきたりょうじ》……75

通せんぼ　野村一秋《のむらかずあき》……91
がたがた　せいのあつこ……107
あっちの茶の間　田部智子《たべともこ》……124
犬の思い出　岡《おか》信子《のぶこ》……140
あの手が握《にぎ》りつぶしたもの　梨屋《なしや》アリエ……157
著者プロフィール

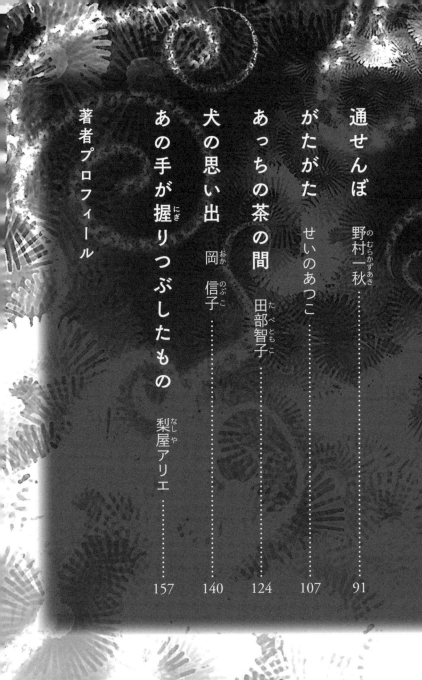

メラメラファイヤー

みずのまい

いつのまにか、家の中に、あたしの居場所《いばしょ》がなくなっていた。

お姉《ねえ》ちゃんのせいだ！

お姉《ねえ》ちゃんは、きれいで、おとなしくて、勉強ができて、すごく難《むずか》しい私立《しりつ》高校に合格《ごうかく》できそうで、パパとママにとって自慢《じまん》のむすめ。

なのに、小三のあたしときたら、顔も勉強もいまいち、おまけに何の特技《とくぎ》もない。

もう、家族の中でポジションがない！

「花子《はなこ》、口のまわりが汚《きたな》いわよ」

ママにおこられ、あたしは、あわてて口のまわりのおもちをぬぐった。

今日《きょう》は、お正月。

家族四人、家でお雑煮《ぞうに》を食べている。

となりのお姉《ねえ》ちゃんは、お上品におわんに口を当て、パパとママは、その姿《すがた》をほほ笑《え》ましく見つめちゃってさ。

二人《ふたり》の目にはお姉《ねえ》ちゃんしかうつっていない。あたしなんて、いることすら忘《わす》れられている。

ちなみにお姉《ねえ》ちゃんの名前は花蓮《かれん》っていう。同じ「花」という字がついているのに、ぜんぜんちがう。

「ねえ、花子《はなこ》、ダンス教室、とうぶんお休みしてくれる？」

突然《とつぜん》、前に座《すわ》っているママが言った。

え？　なんで？　理由がぜんぜんわからない。

「花蓮《かれん》の塾《じゅく》のお金、けっこうかかるの。ごめんね」

ママが、申し訳《わけ》なさそうな顔をした。

あたしはダンスがうまいわけじゃない。おぼえは悪いほう。

でも、ダンス教室には、学校のちがう友だちや、かっこいいＨＩＲＯ《ヒロ》先生がいて、毎週のレッスンがすごく楽しみだった。

来月のバレンタインに、みんなでいっしょに先生にチョコをあげようって計画もあったのに。

なのに、お休みって！　しかも、お姉《ねえ》ちゃんのためにって！　あんまりだ〜！

あたしは、ママのとなりのパパに助けを求《もと》めた。

ＳＯＳ《エスオーエス》、ＳＯＳ《エスオーエス》。あなたのむすめ、花子《はなこ》は、今、大ピンチです！

助けられるのはパパだけです！

けれど、パパが言った。

「まあ。仕方ない……な」

が〜ん！
パ、パパに見捨《す》てられてしまった。

あせったあたしはとなりのお姉《ねえ》ちゃんに顔をむける。
お姉《ねえ》ちゃん、SOS《エスオーエス》。妹を助けて。
心の中で、何度もうったえる。
ところが、お姉《ねえ》ちゃんは、静《しず》かにほほ笑《え》んだだけ。
い、妹が自分の犠牲《ぎせい》になったのに笑《わら》ってる!
うそでしょ! 信《しん》じられない!
パパとママって、家族って、あたしを守ってくれるもんなんじゃないの?
これって、おかしくない?
すると、おなかの中が、かあっと熱《あつ》くなった。
熱《あつ》さはどんどん広がり、体中が燃《も》えているみたい。苦しい!
こんな感覚《かんかく》は生まれて初《はじ》めてでよくわからない。
とりあえず、メラメラファイヤーと名づけておこう!
お雑煮《ぞうに》を食べ終えると、電車にのって初《はつ》もうでに行った。

今朝《けさ》までは、神様にお願《ねが》いすることは決まっていた。

ダンスが上手《じょうず》になりますように。大好《だいす》きなＨＩＲＯ《ヒロ》先生とおしゃべりする機会《きかい》がふえますように。

けど、さっきのメラメラファイヤーで、そんな願《ねが》い事はふっとんでしまった。

あたしは目を閉《と》じ、手をあわせる。

神様。お姉《ねえ》ちゃんが、不合格《ふごうかく》になりますように。

あたしを助けてくれなかったパパも痛《いた》い目にあいますように。

そうだ、もとはといえば、言いだしたのはママだ。

ママも、なんでもいいから嫌《いや》な目にあいますように。

あれ、やっぱり、お姉《ねえ》ちゃんが一番悪い気がするぞ。

あの静《しず》かにほほ笑《え》んだ顔がむかつくんだよ。

お姉《ねえ》ちゃんは、不合格《ふごうかく》になるだけじゃなく、な、なんていうの、とにかく、スーパースペシャルな悪いことが起きますように！

「花子《はなこ》、行くぞ」

目を開けると、パパもママも、お姉《ねえ》ちゃんも、石段《いしだん》を下りようとしていた。

「花子《はなこ》、ずいぶん熱心《ねっしん》にお祈《いの》りしていたな。神様に何をお願《ねが》いしていたんだ」

「え、ええとね。お姉《ねえ》ちゃんが合格《ごうかく》しますようにって」

とっさについたうそに、パパが満足《まんぞく》そうに笑《わら》った時。

「うわ！」

パパが石段《いしだん》をふみはずした。

あっというまに、十段《だん》ほどの石段《いしだん》を転げ落ち、最後《さいご》にしりもちをつく。

「パパ！」

ママとお姉《ねえ》ちゃんが走って石段《いしだん》を下り、横たわっているパパのそばに行った。

「い、痛《いた》い」

パパは、顔をゆがめる。

あたしは、どうしていいかわからず、パニックになっているうちに、はっと思い出した。

パパが痛《いた》い目にあいますように。

そんな、願《ねが》い事をしたような……？

ふりむき、石段《いしだん》の上の拝殿《はいでん》を見上げた。


お正月が終わると、学校が始まった。

パパは足と腰《こし》に湿布《しっぷ》をはりながら会社に行き、ママにもへんなことが起きた。

スーパーで万引き犯《はん》にまちがえられたの！

防犯《ぼうはん》カメラにうつっていた犯人《はんにん》と似《に》てたんだって。警察《けいさつ》が調べて、ママじゃないってことがわかったんだけど、ママはすごく嫌《いや》な気持ちがしたっておこっている。

ママが嫌《いや》な目にあいますように。

初《はつ》もうでで、お祈《いの》りしたよね……？

あたしは、なんだか、あの神社がこわくなってきた。

とんでもないお祈《いの》りをしてしまったのかもしれない！

ママがパートに出かけたあと、お姉《ねえ》ちゃんが中学校から帰ってきた。

あたしは、お姉《ねえ》ちゃんが靴《くつ》をぬぐ前に走り寄《よ》り、「ねえ、何かなかった？　痛《いた》いとか嫌《いや》な気持ちとかなかった？」と、お姉《ねえ》ちゃんの顔やら背中《せなか》やら足やら、あちこちを観察《かんさつ》した。

「花子《はなこ》、どうしたの？」

お姉《ねえ》ちゃんは笑《わら》いながら靴《くつ》をぬぐ。

だって、順番《じゅんばん》からすると次はお姉《ねえ》ちゃんなんじゃない……？

こわいよ、どうしよう。

お姉《ねえ》ちゃんは手洗《てあら》いとうがいをすませると、自分の部屋《へや》に入り、白いマフラーをとり、ていねいにたたんだ。

ママにクリスマスに買ってもらったんだよね。

そして、学習机《がくしゅうづくえ》の前に座《すわ》り、問題集を開き、いつものように勉強マシーンになる。

お姉《ねえ》ちゃんは、どんなにおもしろいテレビ番組があっても、パパが今すぐ食べたほうがいい、アツアツのたこ焼《や》きを買ってきても、問題集のなんページからなんページまでやると決めたら、やりとげるまで、誰《だれ》とも口をきかない。

あたしはこういう時のお姉《ねえ》ちゃんを勉強マシーンと呼《よ》んでいる。

ちなみに、今、お姉《ねえ》ちゃんが勉強している部屋《へや》は、前は、あたしとお姉《ねえ》ちゃんの二人《ふたり》の部屋《へや》だった。

お姉《ねえ》ちゃんが勉強に集中できるように、いつのまにか、追い出されてしまったのだ。

あたしは、お姉《ねえ》ちゃんに、「お祈《いの》りしたことが本当に起きてる……」と相談したかったけど、こりゃだめだと、ドアをしめた。

でも、それから、お姉《ねえ》ちゃんだけには何も起きなかった。

神様も忘《わす》れちゃったのかもしれないと、ほっとした。

ところが、二月のある日。

お姉《ねえ》ちゃんの受験《じゅけん》の三日前。

朝から、パパもママも大さわぎだった。

お姉《ねえ》ちゃんが三十八度の熱《ねつ》を出したのだ。

やっぱり、あの神社にはこわい神様がいるんだ！

パパがスマホでお医者さんを呼《よ》ぶと、ママが言った。

「花子《はなこ》。ちゃんと、手洗《てあら》いとうがいしていた？　花蓮《かれん》のまわりうろうろしなかった？」

「ママ。花子《はなこ》は風邪《かぜ》ひいてないんだから、関係《かんけい》ないだろ」

ママは、あたしがお姉《ねえ》ちゃんに風邪《かぜ》をうつしたと思っている。

ううん、お姉《ねえ》ちゃんじゃなくて、あたしが熱《ねつ》を出せば良《よ》かったのにって考えている。

ひどいよ、あんまりだ。

もし、あたしが死んでも、パパもママも、ああ、花蓮《かれん》が死ななくて良《よ》かったってほっとするんだろうな。

そう思うと、おなかが、かあっと熱《あつ》くなった。

体中が燃《も》えていくみたいで、息ができない、苦しい。メラメラファイヤーだ！

これって、どうすればおさまるの？

苦しさと闘《たたか》っている中、はっとした。

こわいのは神社でも神様でもなく、このメラメラファイヤーなんじゃない？

でも、あたしを見ようともしないパパとママ。

あたしの場所でもあった部屋《へや》で、寝《ね》ているお姉《ねえ》ちゃんを見ていると、炎《ほのお》はどんどん燃《も》えあがる。

お医者さんが診察《しんさつ》のあとに言った。

「風邪《かぜ》です。薬を飲めば、受験《じゅけん》当日までには治《なお》るでしょう」

お医者さんの言葉に、パパとママは胸《むね》をなでおろした。

けど、あたしの体は熱《あつ》いままだった。

夜になると、お姉《ねえ》ちゃんの容態《ようだい》はだいぶ落ち着き、パパもママも布団《ふとん》に入った。

あたしは、おなかの奥《おく》のほうがちりちりと熱《あつ》くてぜんぜん眠《ねむ》くならない。

水を飲めばいいのかなと、パパとママの間に敷《し》かれた布団《ふとん》からぬけ出すと、お姉《ねえ》ちゃんの部屋《へや》のドアのすきまから光がもれていた。

そっと開けると、お姉《ねえ》ちゃんはベッドの中で鉛筆《えんぴつ》をにぎり、問題集を開いている。

「お姉《ねえ》ちゃん、今日《きょう》はやめなよ。寝《ね》てたほうがいいよ」

お姉《ねえ》ちゃんが熱《ねつ》でかわいている唇《くちびる》を開いた。

「終わってないの、今日《きょう》のぶん」

「やめなって」

あたしは問題集をとりあげようとするけど、お姉《ねえ》ちゃんは手をはなしてくれない。

ひっぱりあって、やっととりあげると、床《ゆか》にたたきつけてしまった。

「お姉《ねえ》ちゃん、こわいよ。とりつかれてるみたい！」

本当は、お姉《ねえ》ちゃんより、おなかの奥《おく》がまだちりちりと熱《あつ》い自分がこわかった。

「花子《はなこ》、私《わたし》を嫌《きら》い？　うらんでる？」

「え？」

「わかってるよ。顔に出てるもん」

「え、え」

あたしは自分で自分の顔をさわった。

「ダンス教室のこと、ごめんね。でも、私《わたし》が反対して言い合いになると、ママが『パパのお給料《きゅうりょう》が安いのが一番悪い』って言いだすでしょ。それが嫌《いや》だった。だからって、花子《はなこ》が犠牲《ぎせい》になるのはおかしいけど」

そうだよ、おかしいよ！　と言いたかったけど、だまって問題集を拾いあげ、机《つくえ》に置《お》く。

「私《わたし》、それ、大嫌《だいきら》い」

お姉《ねえ》ちゃんの意外すぎる言葉だった。

「それをこつこつやったら、どんどん偏差値《へんさち》があがっちゃって。それから、パパもママもおかしくなってきて。私《わたし》、本当はこわいの」

「何がこわいの？」

「受験《じゅけん》に失敗《しっぱい》したら、この家に私《わたし》の居場所《いばしょ》がなくなっちゃうんじゃないかって。パパもママもこんなに協力《きょうりょく》したのにって、おこって私《わたし》を追い出すんじゃないかって」

お姉《ねえ》ちゃんは、うっ、うっと泣《な》きだした。

すると、不思議《ふしぎ》なことに、おなかの熱《あつ》さがすっと冷《さ》めていく。

まるで、お姉《ねえ》ちゃんの涙《なみだ》で、あたしの体の中の炎《ほのお》が消されていくみたい。

泣《な》いているお姉《ねえ》ちゃんに何を言っていいのかわからず、電気を消して部屋《へや》を出た。

お姉《ねえ》ちゃんの風邪《かぜ》は治《なお》り、受験《じゅけん》当日がやってきた。

「パパ、ママ、花子《はなこ》。行ってきます」

お姉《ねえ》ちゃんはいつもの白いマフラーをして、笑顔《えがお》を見せ、受験《じゅけん》会場にむかった。

すると、あの時泣《な》いていたお姉《ねえ》ちゃんに言う言葉が急に思い浮《う》かんだ。

急いで靴《くつ》をはき、玄関《げんかん》のドアを開ける。

エレベーターはちょうど、お姉《ねえ》ちゃんをのせたあとだった。

エレベーター、早くあがってこいと、その場で足踏《あしぶ》みをする。

ごめんね。

その言葉を、今、どうしても伝《つた》えたい。

お姉《ねえ》ちゃんは「なんのこと？」って笑《わら》って終わりだろうけど。

やっと来たエレベーターにのり、一階に着くと、バン！　っていう、大きな音が聞こえてきた。

マンションの前の通りに出ると、トラックが中途半端《ちゅうとはんぱ》な場所で止まっていて、タイヤのそばに、真《ま》っ赤《か》に染《そ》まったマフラーが見えた。
トラックから降《お》りてきた運転手さんは泣《な》きじゃくっている。
真《ま》っ赤《か》に染《そ》まったマフラーをしている人は倒《たお》れたまま、まったく動かない。
あたしも、動けなかった。

おいで　おいで

赤羽《あかはね》じゅんこ

あれはなんだったんだろうって、ぞっとした体験《たいけん》がぼくにはある。他の人に話したら、そんなことはあるはずない、気のせいだ、パニックになっていただけだといわれるような体験《たいけん》。

だけど、ぼくは知ってる。あれは気のせいじゃなかった。あのこわさは、体験《たいけん》したものにしかわからない。

それは、五年生の夏休みのことだ。お母《かあ》さんが体調をくずしたことで、ぼくは田舎《いなか》のおばあちゃんの家に来ていた。そこでの生活は、予想以上《いじょう》に楽しかった。おばあちゃんは料理《りょうり》がうまいし、おばさんもおじさんもやさしいし、高校生のいとこの悠也《ゆうや》さんは、キャッチボールやゲームをおしえてくれる。悠也《ゆうや》さんは時々、からかってくるけど、ひとりっ子のぼくには、それも新鮮《しんせん》で、夏休み中ずっといたいと思ったくらいだ。

ゆいいつ、近くにお店がないのが不満《ふまん》だった。コンビニに行ければ、マンガの最新《さいしん》巻《かん》が買えるのに。

「ねえ、おばあちゃん、コンビニってこのあたりにないの？」

「退屈《たいくつ》したかね。たしか、S《エス》湖の近くまで行けばあるよ。観光地《かんこうち》だからね。一度、悠《ゆう》也《や》につれていってもらえばいい」

「うん。じゃ、たのんでみる」

野球部の練習が休みの日ならいいと、悠也《ゆうや》さんは古い自転車に油をさしてくれた。日曜日、それでS《エス》湖をめざす。

上り下りが多い道を三十分ほど走る。野球できたえた悠也《ゆうや》さんの自転車は速く、ついていくのが大変《たいへん》。ぼくはコンビニに行きたいっていったことを少し後悔《こうかい》した。

しかし、最後《さいご》の坂を上りきって、開けた景色《けしき》を見た時は、後悔《こうかい》なんてふっとんだ。

「わおっ」

青々としたS《エス》湖がきれいだった。夏の太陽をうけ水面はきらきら光り、みどりに近い青色は、見る角度によって変化《へんか》する。湖畔《こはん》に芝生《しばふ》の公園がひろがっていて、ところどころにブロンズ像《ぞう》が置《お》いてある。

「きれいだな。さすが観光地《かんこうち》」

「まあな。ここから見るS《エス》湖が一番だな。あのまん中にある島で、夏は花火が打ち上げられる」

「へえー」

ぼくたちはさっそく湖のそばまで自転車を走らせ、コンビニで買ったお弁当《べんとう》を湖畔《こはん》で食べた。でも、食べ終わるとやることがなくなってしまった。

「スワンボートにでも、乗ってみるか？」

ボート乗り場にはいくつかの手こぎボートと、白鳥の形をしたボートが置《お》いてあった。ペダルを足でこぐやつだ。

「いいよ。スワンに乗ろう」

ぼくは軽い気持ちでいった。きっと湖の中央で風にふかれれば気持ちがいいと。

ぼくと悠也《ゆうや》さんはスワンボートに乗りこみ、まずはまん中の島にむかった。ペダルをまわすと、ボートは水面をすべるように進んだ。五分ほどで、島のそばまで行けた。

十人も立てばいっぱいのような島だった。赤い屋根の小さなほこらが見える。

「あれ、なんだろう？」

ほこらの横に、石が積《つ》みあげられていた。ピラミッドのように、石がかさねられている。

「うーんと、ええと、お墓《はか》のかわりだったかな」

「お墓《はか》？」

「この湖に落ちて死んでしまった人の数だけ石があるらしいぜ」

「うわっ、マジ？」

石は、ざっと見ても三十くらいはありそうだ。

「ふふふ。この湖に、もし落ちたら藻《も》にからまって水面にうかびあがらないんだ。だから、死体がいっぱい沈《しず》んでいるらしいぞ～～」

悠也《ゆうや》さんはわざと声をふるわせた。背中《せなか》がぞくぞくっとした。ぼくはこわさをふりはらうように、悠也《ゆうや》さんの肩《かた》をたたいた。

「やめてよ。うそだ。うそつかないでよ」

「ハハハ」

悠也《ゆうや》さんはおかしそうに笑《わら》っている。ぼくがこわがりだから、からかっておもしろがってる。

「もう、もどろう」

ぼくはなんだか落ち着かない気分になって、悠也《ゆうや》さんにいった。

「こわがりだな、アキラは。まだ、乗ったばかりじゃないか」

悠也《ゆうや》さんは不満《ふまん》そうだけど、岸をめざすようにかじをきってくれた。

なのにだ。いっこうに岸に近づかない。こいでもこいでも、ボートが前に進まない。

夏の日差《ひざ》しをもろにうけたスワンボートの中は、むし風呂状態《ぶろじょうたい》。のどがからからになり、飲み物をもってこなかったことを、ひどくくやんだくらいだ。

「悠也《ゆうや》さん、なんか岸からはなれていくよ」

「おかしいな。風で流されているのかな。もっと速くこごう。このくらいの風に負けられるか」

ふたりでけんめいにペダルをこいだ。それでも、一メートルも進まない。やけくそのように、がんばっているのにだ。

しばらくすると、ぼくのふとももは、ぱんぱんになった。

「つかれた。もう、こげないよ」

「そうだな。休もうか」

「でも、なんで進まないんだろう」

気味悪くなって、水面を見た。水の中で藻《も》があやしくゆれるのが見えた。

「藻《も》にひっかかってるとか」

「まさか」

「じゃ、死んでしまった人の呪《のろ》いとか」

「バカいうな。さっきのはでたらめ。アキラがこわがると思って、からかっただけだよ。だいたい呪《のろ》いなんて、非科学的《ひかがくてき》なこと、あるわけないよ」

「えーっ、うそなの？　ひどいよ。本気でこわかったんだぞ」

「ごめん。この湖の藻《も》を見ていたら、アキラをからかいたくなってな」

悠也《ゆうや》さんは顔の前で手をあわす。

「たしかに、藻《も》が多すぎだよね」

水の中をのぞきこむと、水面から少し下に藻《も》がゆれているのが見える。

ゆらゆら　ゆらゆら
ゆらゆら　ゆらゆら
じっと見ていたら、なんだか目がはなせなくなった。

そして、ぼくは息をのんだ。水の下に白っぽいものが見える。それは……。

「うわっ」

悠也《ゆうや》さんにとびつく。

「どうしたんだ」

「手が、に、人間の手が、藻《も》にからんでいた。おいでおいでをしてる」

ぼくは悠也《ゆうや》さんにぎゅっとしがみついた。体のふるえがとまらない。

「ま、まさか」

そういう悠也《ゆうや》さんの声もふるえていた。悠也《ゆうや》さんはぼくが指さすほうへ体をよせ、水面を見つめた。

悠也《ゆうや》さんの大きな体が、ぴくっとゆれた。

なにか恐《おそ》ろしいものを見たような感じにだ。

なのに、悠也《ゆうや》さんは顔を横にふった。

「なにも見えねえぞ。アキラはこわいって思うから、ありえないものが見えるんだ。気のせい、気のせい」

「そうかな？」

じゃ、どうして、悠也《ゆうや》さんは体をぴくっとさせたのって聞き返したかった。けどムリに笑《わら》おうとしている悠也《ゆうや》さんを見ていると、それをしてはいけない気がした。

「とにかく、早くもどろう」

青い顔の悠也《ゆうや》さんがうなずく。

「わかった」

ぼくたちはまた、がんばってスワンボートのペダルをふんだ。ペダルはたしかに水面を押《お》してまわっている。バシャバシャと水をかく音はする。

それでも、スワンボートは岸にむかわない。

「ヤバイ。進まねぇ。どうなってるんだ」

「ぼ、ぼくたち、もう、岸にもどれないの？　ずっとこのまま？」

「まさか」

こいでもこいでも前に進まないって、ものすごい恐怖《きょうふ》だ。もう二度と岸にあがれないような気がして、背中《せなか》の汗《あせ》が冷《つめ》たく感じる。

「ぼくたち、このままじゃ、脱水状態《だっすいじょうたい》になっちまう。死んじゃうよ」

悠也《ゆうや》さんがごくっとつばを飲みこんだ。

「わかってる。少しはだまれ。だまってくれ」

「だって……」

ぼくはもう一度、水面に目をやった。藻《も》がゆれているのが見えた。

ゆらゆら　ゆらゆら
ゆらゆら　ゆらゆら
「おいで　おいで」と、ぼくらをまねいているみたいだ。

「ぎゃー。も、もうやだよ」

泣《な》きたくなんかないのに、涙《なみだ》があふれてきて、手のこうでふく。

「泣《な》くなよ。わかった。助けをよぼう。おーい」

悠也《ゆうや》さんは大きな体を乗りだして、ボート乗り場のほうに手をふった。

「おーい。おーい」

ぼくも悠也《ゆうや》さんをまねして手をふる。

しばらくすると、モーターボートで係員が来てくれた。

「どうしました？　まだ時間前ですが」

けげんそうな係の人。

「このボート、動かなくなったんです」

「ほんとですか？　へんですね」

係の人は、首をかしげながらも、縄《なわ》をつけて、ボートをひっぱって岸にもどってくれた。

ボート乗り場にあがって、ぼくたちはほっと息をついた。係の人は苦笑《くしょう》した。

「スワンボートは、思ったより、つかれるでしょ？　こぐのあきちゃいましたか？」

「ちがうよ。こいでも進まなくて」

ぼくはうったえたが、係の人は、笑《わら》って取り合わない。

「しょっちゅうむかえに行くんですか？」

悠也《ゆうや》さんがたずねた。

「いや、たまにですよ。あのあたり、渦《うず》をまいているのか、帰れなくなったっていってくる人がいます。でも、本当はどうだか。つかれたから、楽にもどりたいだけかも」

「ちがう。ボートがなにかにつかまって……」

ぼくはさらにいおうとしたけど、悠也《ゆうや》さんに口をおさえられてしまった。

「すいません。お手数をおかけしまして」

「いいけど、お客さん、汗《あせ》だくですよ」

いわれて見ると、悠也《ゆうや》さんもぼくもＴ《ティー》シャツが汗《あせ》で肌《はだ》にはりついていた。まるで雨にでもぬれたかのように。

ぼくたちは岸からはなれた芝生《しばふ》広場の自販機《じはんき》で水を買い、ごくごく飲んだ。

「係の人、いやな感じ。動かなかったこと、ぜんぜん、信《しん》じてくれない」

「しかたないさ。理屈《りくつ》では説明《せつめい》がつかないことだからな」

「でも、たしかに感じた。見えないなにかの力がボートをおさえていた。ホントなのに」

ぼくはため息をつく。

「もう、考えるのやめようぜ」

悠也《ゆうや》さんはごろんと大の字に、芝生《しばふ》にねころがった。ぼくもまねした。夏の日差《ひざ》しがまぶしく、湖畔《こはん》のひまわりが風にゆれている。

「あのな」

悠也《ゆうや》さんは、今思いだしたって感じで顔をあげる。

「さっきはいわなかったけど、あの湖で事故《じこ》があったんだよ。おれが小学生のころだ」

高二の悠也《ゆうや》さんが小学生となると、五年以上《いじょう》前のことだ。

「おまえぐらいの男の子が、スワンボートに乗っていてな。風にとばされた帽子《ぼうし》をとろうとして、ボートから体を乗りだした」

「ま、まさか」

ぼくは息をのむ。

「そのまさかだ。横転しないはずのボートが横だおしになって、男の子は湖にほうりだされた」

悠也《ゆうや》さんは目をふせて、顔を横にふる。

「その子、死んじゃったの？」

「そうだ。かわいそうな事故《じこ》だった。だから、子どもだけで、ボートに乗ってはいけないって学校でいわれた」

「じゃ、さっきの手はその子の……」

ぼくは幽霊《ゆうれい》の手のまねをする。悠也《ゆうや》さんは、うなずきもしなかったけど、否定《ひてい》もしない。

ぼくはとつぜん湖にほうりだされて、帰れなかった子のことを思った。夢《ゆめ》もあっただろうし、もっと友だちと遊びたかっただろう。だから、成仏《じょうぶつ》できないでただよっているのかもしれない。そうだとしたら、かわいそうすぎる。ぼくが友だちに見えて、手まねきしたのかもしれない。おいでおいでと……。

「とにかくアキラ、今日《きょう》のこと、だれにもいわないようにしようぜ」

「どうして？」

「どうしてもだ。いったって信《しん》じてもらえない。早く忘《わす》れちまいたい。おばあちゃんにも東京《とうきょう》のおばさんにもいうな」

その気持ちはなんとなくわかった。だから、ぼくは大きくうなずいた。

「これは、ぼくと悠也《ゆうや》さんだけの秘密《ひみつ》だね」

「ああ、いやな秘密《ひみつ》だけどな」

悠也《ゆうや》さんは、にが笑《わら》いをした。

それがあの夏の日のできごと。ぼくは約束《やくそく》を守り、そのあとだれにもいわなかった。

それから年月がたって、ぼくもあの時の悠也《ゆうや》さんと同じ高校生。悠也《ゆうや》さんの影響《えいきょう》か、野球部に入って、弱いチームながらレギュラーとなり、活躍《かつやく》している。背《せ》ものびたし、体もがっしりした。だけど、あの日の恐怖《きょうふ》はまだ忘《わす》れられない。

スワンボートで、二度と、岸にもどれない気がしてふるえあがった思い。水の中であやしくゆれる藻《も》。そして、おいでおいでをしていた、真っ白な手首。

あれ以来《いらい》、ぼくはボートに乗っていない。遊覧船《ゆうらんせん》に乗ることはあっても、湖の中は見ないようにしている。

湖は恐《おそ》ろしい。表面は静《しず》かできれいでも、水底《みなそこ》にはなにをかかえているか、わからないから。

ヒガンバナ

竹内《たけうち》もと代《よ》

金曜日の朝、登校班《はん》の集合場所へ行ったら、

「てんかちゃん、聞いてよ。ママったら、ひどいんだからぁ」

と、ちーちゃんがかけよって来た。

「どうしたの」

わたしはとりたててあわてなかった。「ママったら、ひどい」は、ちーちゃんの口ぐせみたいなものだ。

「今日《きょう》になって急に、明日《あした》おばあちゃんちへお使いに行ってっていうんだよ。明日《あした》は、てんかちゃんと遊ぶ約束《やくそく》してるのに」

いいながら、ちーちゃんはほっぺたをプーッとふくらませた。

ちーちゃんとは幼稚園《ようちえん》の時からの仲良《なかよ》しで、今年《ことし》四年生でクラスがいっしょになってから、ますます仲《なか》がいい。夏休みに、初《はじ》めてちーちゃんのおばあちゃんちへ行って、わたしまで川遊びやスイカ割《わ》りをさせてもらったぐらいだ。ちーちゃんのおばあちゃんちは、県境《けんきょう》の山のふもとにある。バスで四十分ぐらいで行ける小さな町だ。

「ママったら、横暴《おうぼう》だよね」

「そう……かなぁ、うーん」

わたしは首をかしげて、肩《かた》をすくめた。

「そうに決まってるよ。おうぼうはんたーい、おつかいはんたーい」

ちーちゃんはこぶしをふりまわす。

でも、わたしはちがうことをおもってた。ちーちゃんがお使いに行っても、ふたりで遊べればなんの問題もない。

「そうだ、ちーちゃん」

ピンとひらめいて声を上げた。

「明日《あした》のお使い、わたしもいっしょに行こうか？」

いい終わらないうちに、ちーちゃんのこぶしがピタリと止まった。

「ほーんと？　てんかちゃん」

「うん。そうすればお使いにも行けるし、いっしょにも遊べるわけだから」

わたしがうなずくと、ちーちゃんはばんざいをして、ピョンピョンとびはねた。


翌日《よくじつ》の土曜日。

「なーんか遠足に行くみたい」

「うん。わたし、リュックにおやつも入れてきてる」

ふたりでいい合いながら、ちーちゃんのおばあちゃんちへやって来た。

お使いの用をすませると、おばあちゃんは縁側《えんがわ》に腰《こし》かけて、大きなナシをむいてくれた。

「これを食べたら、ふたりで近所のお寺へ行っておいで。めずらしいものが見られるわ」

目をほそめて、おばあちゃんがわらう。

わたしとちーちゃんは、顔を見合わせた。寺なんてぜんぜん興味《きょうみ》ない。こっそりまゆをしかめ合ったのに、なぜかわたしときたら、

「めずらしいものって、なんですか?」

と口走っていた。

「なにいうのよぉ、てんかちゃん」

ちーちゃんにささやかれて、あわてて口をおさえたけれど、もう手遅《ておく》れだ。

おばあちゃんは、切ったナシをフルーツ皿に取り分けてくれながら、

「それは、行ってみてのお楽しみ。そろそろ時期が過《す》ぎるころだけど、今ならまだ今年《ことし》の見おさめに間に合うかもしれないわ」

と、またにっこりわらった。

おばあちゃんに見送られて、ちーちゃんと寺へ向かう。

角を曲がってから、おばあちゃんが見えなくなってから、

「ごめん、ちーちゃん。あんなこときいたから、お寺へ行くことになってしまったね」

わたしは、こぶしでゴツンと頭をたたいた。

「いいからいいから」

ちーちゃんはわたしの手を止めて、

「これも、遠足気分の続《つづ》きってことで」

と、ぶった所を、ささっとなでてくれた。

民家《みんか》の間の坂道を、くねくね曲がりながらのぼって行く。息がハアハアしてきたころ、坂のつきあたりに、屋根つきの寺の門が見えてきた。小さくて古そうな門だ。

あんな所にあるめずらしいものって、いったいなんだろう。

「おばあちゃんがいってためずらしいものって、もしかしてちーちゃんは知ってるの？」

「うん」

ちーちゃんはあっさりうなずいた。

「ヒガンバナのことだよ。あの寺はめーっちゃ古くて、もともとけっこう有名らしいけど、このごろヒガンバナでも有名になってるんだってぇ」

「ふーん。でもヒガンバナなら、途中《とちゅう》のバスからでも見えてたよ」

わたしは、町はずれの田んぼのあぜ道に、まだ真《ま》っ赤《か》に咲《さ》き残《のこ》っていたヒガンバナをおもいうかべた。

「うん、赤いのならねぇ。けど、この寺のヒガンバナは白いんだって。門から続《つづ》く参《さん》道《どう》の丘《おか》に咲《さ》いてるから、見に行け見に行けって、毎年おばあちゃんにいわれてたの。でも、行ったことない。だーって、ヒガンバナなんて、赤でも白でもどうでもよくない？」

ちーちゃんは、はなの頭にキュッとしわをよせた。

「いやいやいや、ちーちゃん」

わたしはおもわず首をふった。

「ヒガンバナが白いなら、見てみたくなるでしょ」

と、門の方へ体をのび上がらせた。

「あれ？　そぉ？」

ちーちゃんは目を見はって、わたしを見つめた。

「そりゃそうよ。すごくめずらしいもの」

わたしは大きくうなずいた。

「ふぅーん、そうかぁ……てんかちゃんがそういうなら、見てみたくなってきたかも」

ちーちゃんが「エヘッ」とわらう。体をぶつけ合って、門の中へ入った。

門の向こうは、すぐに丘《おか》になっていた。寺の建物《たてもの》は丘《おか》の上にあるらしい。門から真《ま》っ直《す》ぐに、急な坂道が続《つづ》いている。

丘《おか》は雑草《ざっそう》が手入れされていて、坂道の途中《とちゅう》に太い桜《さくら》の木もそびえている。でも、かんじんの白いヒガンバナは、どこにも見あたらない。探《さが》しながら半分ほどのぼって、ちーちゃんがくちびるをとんがらせた。

「せーっかく来たのに、ぜんぜん咲《さ》いてない」

「花が終わったんだ」

わたしもくちびるをかんだ。

「どうりで、ほかにだーれもいないわけだ」

丘《おか》には、わたしたちしかいなかった。

「あぁ、残念《ざんねん》」

ためいきをついて引き返そうとして、わたしはふと立ち止まった。

なぜだろう。丘《おか》の上が気にかかる。

「待って、ちーちゃん」

おりて行くちーちゃんを呼《よ》び止めた。

「どうしたの？　てんかちゃん。花がないんだから、とっとと帰っちゃおうよ」

「うん、そうなんだけど……」

「だけど、なーに？」

引き返してきて、ちーちゃんが首をかしげる。わたしが丘《おか》を見上げたら、

「え、うそー。行きたいのぉ？」

と、小鼻をふくらませる。

「ちょっとだけ行ってみない？」

わたしがうなずくと、

「あーぁ、つまんないに決まってるのにぃ」

ブツブツいいながらも、先に歩きだしてくれた。

丘《おか》をのぼりきったら、生け垣《がき》に囲《かこ》まれた広い境内《けいだい》の向こうに、古びてこぢんまりした寺の本堂《ほんどう》がポツンと建《た》っていた。ほかにはなにもない。

「ほーら、おんぼろな寺があるだけ。やっぱりつまんないでしょ」

「うん、ちーちゃんのいったとおりだね」

わたしはいいながら、境内《けいだい》を見わたした。

右手の生け垣《がき》の向こうに、何本もの杉《すぎ》の大木がそびえている。大木の間からは、別《べつ》の建物《たてもの》ももう一つ見える。本堂《ほんどう》とちがう雰囲気《ふんいき》だけど、あれも寺の建物《たてもの》だろうか。生け垣《がき》が一カ所途切《とぎ》れていて、その建物《たてもの》への通路になっている。

「ねぇ、ちーちゃん。あっちの建物《たてもの》はなんだとおもう？」

わたしの声に、ちーちゃんがふり返る。

ちーちゃんは丘《おか》を見下ろして、またヒガンバナを探《さが》していたのだ。

「やっぱり、どこにも咲《さ》いてなーい」

と、顔をしかめてから、

「あの建物《たてもの》は神社のはずだよ。神社ととなり合っているのも、この寺のめずらしい所だって、おばあちゃんがよくいってる」

いいながら、通路の方へ歩きだす。わたしは、もう一回建物《たてもの》を見直した。そうか、なるほど。神社だから、寺の本堂《ほんどう》と雰囲気《ふんいき》がちがうのだ。

通路をぬけたちーちゃんは、

「これまた、めーっちゃおんぼろだわ」

高い声をあたりに響《ひび》かせた。

「神さまに聞こえるよ、ちーちゃん」

クスクスわらいながら、わたしも通路へ向かった。

ちーちゃんは、神社前の小道をスキップでかけぬけて、杉木立《すぎこだち》の方へと右へ回りこ

んで行く。姿《すがた》が見えなくなったとおもったら、

「てんかちゃーん。こっちにも下へおりる道があるよー」

とさけぶ声が、いくらか下の方から聞こえてくる。

「オッケー。今、行く」

返事はしたものの、わたしはまだ神社との境《さかい》にいた。

通路に立った時から、急になにかがおかしかった。大きな息を何度もすいこみたくなって、足が踏《ふ》みだしにくくなってきている。

「てんかちゃーん、早くぅ」

ちーちゃんの声にはげまされて、歩きだした。でも、のろのろと通路をぬけて、いくらも行かないうちだった。

いきなり、左のほっぺたがひやりとした。

「なに？」

と、顔を左に向けて足がすくんだ。

寺と神社の間に、暗い横穴《よこあな》が見えている。奥《おく》まった所からこちらに向けて、大きな

口がぽっかりとあいていた。
「なに、あれ」
なぜだかゾワッととりはだが立った。
あわてて行き過《す》ぎようとして、ギョッと息がつまった。足が片方《かたほう》しか動かせない。
左足がかたくこわばっている。
「ちー……ちゃ………ん」
声までだしにくい。
石みたいな左足を、無理《むり》やり引きずって歩きだす。
すると穴《あな》の方でなにかの気配がした。
――なに？　だれかいるの？――
息をつめたまま、また顔を向けた。穴《あな》の前にもあたりのどこにも、だれもいない。
――おもいちがい？――
ううん、そんなことない。気配は強くなっている。
――どういうこと？――

ゴクッとつばを飲みこんだ。つまり、ぐずぐずしてちゃだめってことだ。穴《あな》に背《せ》を向けて逃《に》げだそうとしたら、気配がもっと強くなった。

——こっちに来てる——

なにも見えないのに、真《ま》っ直《す》ぐに近寄《ちかよ》ってくる気配だけ、はっきりわかる。

——なんなのよ、来ないで。やめてやめて——

左足はもうびくとも動かなかった。でも、気配はどんどん近くなる。

——だれか、助けて——

両手をふりまわしたら、おもいがけず杉《すぎ》の木にさわった。

——お願《ねが》い、助けて——

ギュッと目をつぶって、手のひらを太いみきに押《お》し当てた。そして、

——助けて、助けて、お願《ねが》い——

と、がむしゃらにくり返した。

どれぐらいそうしていたのだろう。気がついたら、さっきより気配が弱まっていた。穴《あな》の方へもどって行ってる。

気配がうすくなるにつれて、左足が動くようになってきた。

ふるえながら、そうっと息をついた。

「ありがとう」

と、杉《すぎ》の木を見上げる。声もつっかえずにだせている。でもそのとき、

「おそいよー、てんかちゃーん」

と、ちーちゃんが引き返してきた。

わたしは地面をけってかけだした。ちーちゃんにとびついて、回れ右させる。

「なーに、なにすんのー」

「いいから、走って」

ちーちゃんの手首をつかんで、いっきに丘《おか》をかけおりた。


寺の門をでてから、ようやくなにがあったか、ちーちゃんに話した。

「やだー、わたしなにも感じなかったよぉ。こわーい」

ちーちゃんが体をすくめる。

「あの穴《あな》ってなにか、ちーちゃん知ってる？」

「知らない知らない」

何度も首をふって、ぶるんとふるえた。

おばあちゃんちへもどって、わたしは真っ先に穴《あな》のことを聞いてみた。おばあちゃんはわけなく答えてくれた。

「あぁ、あれは古墳型《こふんがた》のお墓《はか》なの。あの奥《おく》に、昔の偉《えら》いお坊《ぼう》さんを葬《ほうむ》ってあるらしいわ。それでどうだった？　ヒガンバナは見られた？」

と、すぐに聞き返してきた。

「ぜーんぜん。一本も咲《さ》いてなかったもん」

ちーちゃんが答えると、

「あらら、それは悪かったわねぇ。だったら来年は、もっと早くに見にいらっしゃいよ」

おばあちゃんは首をすくめて、明るくいった。

わたしは返事ができずにうつむいた。

帰りのバスに乗ってから、

「また来年って、おばあちゃんはいったけど、てんかちゃんはもう行かないよねぇ」

ちーちゃんが、ぼそぼそ話しかけてきた。

わたしは、窓《まど》から見える真《ま》っ赤《か》なヒガンバナをながめていた。

「もちろん行かない、絶対《ぜったい》に」

「だよねぇ、ん、ん」

ちーちゃんはつぶやいて、何回もうなずく。

あんな目にあうなんて二度といやだ。なぜあったかわかんないから、なおさらだ。

でも、あの穴《あな》がお坊《ぼう》さんの墓《はか》と聞いてから、なんとなく少しずつほっとしてきている。

だから、

「けど、丘《おか》の下までなら来年も行くよ。だって、やっぱり見たいでしょ、白いヒガンバナ」

わたしがいったら、

「行くんかーい」

ちーちゃんの声がいっぺんに明るくなって、ドンと肩《かた》をぶつけてきた。

黒い波

吉野万理子《よしのまりこ》

わたしが大学生だったころの話です。

まるでホテルみたいに大きな豪華《ごうか》客船に乗って、二カ月近く旅をしたことがありました。「アジアの若者《わかもの》たちが船の上で交流して友達《ともだち》になる」というプロジェクトがあって、応募《おうぼ》したら選《えら》ばれたのです。

日本《にほん》から参加《さんか》するメンバーは四十五人。アジアの国々を、ぐるっとまわって帰ってきます。船旅をしてみたいと前から思っていたわたしは、ワクワクしながら準備《じゅんび》していました。

九月のある日、いよいよ船は東京湾《とうきょうわん》を出発して、フィリピンに向かいました。大きな船に乗って、青い海原《うなばら》を南へ、南へ。フィリピンまでは四日間の航海《こうかい》です。天気がよくて波はおだやかでした。日光が反射《はんしゃ》して、水面がきらめきます。

トビウオが、海の上をビューンと飛《と》んでいくのが見えることもありました。また、空を飛《と》んでいたカモメが、船のえんとつのあたりにとまって、休憩《きゅうけい》しているときもあります。

船員さんと顔見知りになって、いろいろ話を聞かせてもらいました。

「甲板《かんぱん》から、よく注意して見ているとね、イルカがいるときもあるよ。船を追いかけて、遊んでいるんだよ」

ぜひ見てみたいなぁ。うっとりと聞いていました。

一方で、ドキッとする話もあったのです。

「お客さんがね、ひとり足りなくなることがあるんだよ」

「え？　どういうことですか」

わたしは目を見開いて、聞きました。船員さんは声をひそめます。とてもよく日焼《ひや》けしたおでこに、しわが寄《よ》りました。

「最初《さいしょ》は乗っていたはずのお客さんが、次の港に着くと、ひとりだけいなくなっている。そういうことがたまに起きるんだよ」

「え！」

「この船だけじゃなく、ほかの船でもよく聞く話でね」

「いなくなった人は、どこに行っちゃったんですか？」

「さあ……。自分の意思で海に飛《と》びこんだのかもしれないし、あやまって転落したのかもしれない。だれも見ていないところで海に落ちたら気づかないし、気づいたとしてもすぐに船は止められないからね」

船が前に進むための、大きなスクリューがあって、それに巻《ま》きこまれてしまったら、助からないそうです。

「こ、こわいです」

話を聞いていた、わたしと仲間《なかま》たちがおびえた顔をすると、船員さんはふふっとわらいました。

もしかして、わたしたちをおどろかせるために作ったお話なのかしら。それとも本当のできごとなのでしょうか……。

その夜はなかなかねつけませんでした。もし本当に、波にのまれた人がいるなら、その人は最期《さいご》になにを思ったんでしょう。


出発してから三日目の夜のことです。

わたしたち四十五人のなかで、夜ふかしの好《す》きな十人くらいの仲間《なかま》は、消灯《しょうとう》時間を過《す》ぎてからも、もう少しおしゃべりしたいと思っていました。

あしたフィリピンの港に着くのです。そうしたら、他の国の若者《わかもの》たちが三百人近く乗船してくるので、いそがしくなります。

ゆっくり話せるのは今夜が最後《さいご》なのです。

中学生のころ、修学《しゅうがく》旅行で先生の目をぬすんで、部屋《へや》移動《いどう》したことを思い出しました。消灯時間《しょうとう》が過《す》ぎても、もっとおしゃべりしたりトランプしたりしたくて、別《べつ》の部屋《へや》に遊びに行って、先生に見つかっておこられて……。大学生になっても、そういういたずらをしたい気分は、変《か》わらないのでした。

このプロジェクトには、大人《おとな》の管理官《かんりかん》が何人もいて、先生のようにわたしたちの生活を見守っています。

その管理官《かんりかん》に、消灯《しょうとう》時間を過《す》ぎても見つからない場所を、仲間《なかま》が発見しました。救命《きゅうめい》ボートのある台です。

この船は大型《おおがた》で、乗客が三百人以上《いじょう》乗れるので、万が一沈没《ちんぼつ》した場合にそなえて、救命《きゅうめい》ボートがいくつも準備《じゅんび》されています。それらは、甲板《かんぱん》より上の高いところにある台にのせられていて、そこまではしごで上っていくことができるのでした。

「あー、夜の風は気持ちいいねえ」

「あしたはいよいよフィリピンだね。どんなところだろう」

救命《きゅうめい》ボートのそばで、みんなでそんな話をして、くつろいでいたときでした。

「コラァ!」

どなり声が聞こえてきました。なんと管理官《かんりかん》に見つかってしまったのです。それもひとりじゃなくて、ふたり。甲板《かんぱん》からこちらを見上げています。

「逃《に》げて、いそいで部屋《へや》にもどろう！」

目の前のはしごをおりたら、すぐにつかまってしまいます。仲間《なかま》が見つけたのは、となりの救命《きゅうめい》ボートのある台に飛《と》び移《うつ》って、逃《に》げる道でした。

みんな次々とその方法《ほうほう》で逃《に》げていきます。

最後《さいご》になったのはわたしでした。

「マリちゃん、早く」

飛《と》び移《うつ》ろうとして、その台と台のすき間をのぞきこんでしまい、ハッとしました。何もないのです。ここは船からせり出したところにあるので、真下は海なのでした。しかも夜ふけなので、波はちっとも青くありません。黒々として、くだけるときに白い泡《あわ》をぶくぶくとたてています。

船員さんが話したことを思い出しました。

だれも見ていないところで海に落ちたら気づかないし、気づいたとしてもすぐに船は止められないからね――。

黒い波は、ここから見てもわかるほどに、三角にとがって、船にぶつかり、また引いていきます。そして次の波がおしよせてきているのです。その波にあっという間にのまれて、海の底《そこ》に引っ張《ぱ》りこまれるのではないでしょうか？　あるいはスクリューに巻《ま》きこまれたりして……。

それでもわたしは、思いきり足をふみだしました。ひざがふるえます。真下の黒い波に落ちることなく、どうにかわたり、となりの台に飛《と》び移《うつ》ることができたのでした。

わたしが時間をかけている間に、仲間《なかま》は先に行ってしまいました。そして、かれらを追いかけて、管理官《かんりかん》も船のなかにもどっていったようです。

ホッとしながら、その台からはしごを伝《つた》って、甲板《かんぱん》におりました。そして、小走りに部屋《へや》へと帰ったのでした。

フィリピンに着いたら、ちゃんと規則《きそく》を守ろう。これからは、消灯《しょうとう》後にうろうろしたりしないぞ、と自分にちかいながら。

次の日、船は予定どおりフィリピンの港に着きました。風が日本《にほん》よりもあたたかくて、空の青色が濃《こ》い気がします。船をつつみこむようにゆれている波はおだやかで、明るくてきれいなブルーでした。きのうの夜中に見た黒い波と、同じ海とは思えません。

わたしたち日本人《にほん》メンバーは、ピシッと制服《せいふく》を着こみました。ここで、歓迎《かんげい》セレモニーがおこなわれるのです。

大きな拍手《はくしゅ》が聞こえてきます。これからいっしょに旅をする三百人近い若者《わかもの》が、ならんで出むかえてくれているのでした。

前から順番《じゅんばん》に、日本人《にほん》の仲間《なかま》が地上に降《お》りたちます。

一、二、三、四、五……。

わたしは先頭から順番《じゅんばん》に、数えていました。

船員さんがあのとき話したことが気になっていたのです。港に着いたとき、ひとり足りないことがある、というあの話。

四十五人、ちゃんといるよね？

そう思いながら、数えていきます。
三十九、四十、四十一、四十二、四十三、四十四。
「あれ？」

思わず小さい声でつぶやいてしまいました。

四十四人しかいません。数えまちがえたみたいです。

まあ、当然《とうぜん》ともいえます。五人や十人じゃなく、大人数ですから、うっかりひとり飛《と》ばしてしまった可能性《かのうせい》はじゅうぶんあるはず。

もう一度。
一、二、三、四、五、六、七……。
今度は、指でひとりひとりさしながら、数えていきます。まわりの仲間《なかま》に「何してるの」とわらわれるかなと思いながら。

でも、みんな、初《はじ》めて降《お》りたつ国や新しく増《ふ》える仲間《なかま》たちのことが気になって、わたしの行動など目に入っていないようでした。

また四十四人しかいない。

だれか、トイレに行っているのかもしれません。きっとそうだ……。

わたしはそう考えました。でも、五分たっても十分たっても、だれももどってきません。

セレモニーが始まりました。

そうだ、男女別々《べつべつ》に数えてみよう。男子が二十四人、女子が二十一人。まず男子だけを数え直してみました。

「あ、ちゃんと二十四人いる」

ということは、ひとり足りないのは女子です。

ゆり子さん、じゅん子さん、チナさん。名前をちゃんと口に出しながら、数えてみました。おかしい。みんないます。なのに、二十一人のはずが、二十人しかいないのです。

管理官《かんりかん》にいったほうがいいでしょうか？　だれか船に残《のこ》っているのではないかしら。あるいは、何か事故《じこ》でも……？

でも、だれが足りないのかわからないのです。

考えすぎてつかれたのでしょうか。頭がくらっとしてきました。めまいのようです。目の前のあざやかな色合いの空と海が、急に黒っぽくなってきました。光が遠ざかっていきます。

セレモニーの最中《さいちゅう》で、だれかが歓迎《かんげい》のスピーチを英語《えいご》でしているのだけれど、だんだん声が小さくなってきます。かわりに聞こえてくるのは、ぶくぶく、ぶくぶく、まるで泡《あわ》がふきだすような音です。

さらに頭がぐらぐらしてきました。立ちくらみのようです。今いる場所から、下へ下へ、吸《す》いこまれていくような感じ。高速エレベーターで下まで運ばれていくときに似《に》ています。すうっと体がうき上がったあと、一気に落ちていく感覚《かんかく》。

倒《たお》れる前にしゃがんだほうがよいのかも。頭ではそう思うのですが、体がなぜか動きません。

まわりはすっかり黒い世界になりました。

マリちゃん、マリちゃん。

はるか上から、わたしを呼《よ》ぶ声が聞こえて、そちらを見ると、小さなあかりがちらちらと光っています。

マリちゃん、マリちゃん。あれ、マリちゃんがいないよ？

そのざわめきをぼんやりと聞いていたわたしは、不意《ふい》に気づいたのでした。

わたしだ！

足りないのは、わたしだったのです。

自分で自分を数え忘《わす》れていました。残《のこ》りのひとりはわたしだったのでした。

「ここにいる」

口を開いたら、ようやく声が出ました。

「ここにいるよ」

もう一度、はっきりとそう声に出した瞬間《しゅんかん》、世界がぱっとあざやかな色彩《しきさい》にもどりました。なぜか立ちくらみも消えました。ひたいに手を当てると、じわりとあせがうかんでいます。

「マリちゃーん、こっちだよ」

はなれたところから、じゅん子さんが手招《てまね》きしていました。

「あ、え？」

気がつくとまわりにはだれもいませんでした。セレモニーが終わってこれから移動《いどう》するため、みんなバスに乗りこんでいるところだったのです。

「待って！」

わたしは走りました。やわらかい風が、からかうように、ほおをなでていきます。

「マリちゃん、どうしたの？　ぼーっとして。ねむいの？」

じゅん子さんがわらいかけてきました。

「ううん、なんでもない。だいじょうぶ」

わたしはみんなに続《つづ》いてバスに乗りこみました。

バスが出発しました。これから別《べつ》の会場で、歓迎《かんげい》イベントがあるそうです。

道路のわきにはヤシの木がたくさんはえています。信号《しんごう》でバスが止まるたび、子どもたちがおみやげ物や食べ物を売ろうと、車の間をうろうろ歩いてドライバーに話しかけていました。

管理官《かんりかん》がこれからのイベントについて、マイクで説明《せつめい》していますが、耳に入ってきません。わたしはさっきのことをずっと考えていました。

窓《まど》の外を見ながら、立ちくらみを起こしたこと、ひとり足りなかったこと、いろいろ考えて……そして気づいたのです。

もしかしてわたしは「ふたりの自分」のどちらを選《えら》ぶか、運命の分かれ目にいたのではないでしょうか？

今、このバスにすわっている自分。

そしてもうひとり。

きのうの夜、足をふみはずして、船から転落した自分。黒い波につつまれ、海にしずんでいった――。

二つの世界が同時に進行していて、どちらか決めるのは、さっきの、あの瞬間《しゅんかん》だったのかもしれません。

友達《ともだち》が呼《よ》びかけてくれたから、手招《てまね》きしてくれたから、わたしは「もうひとり」をはなれて、今の自分にもどってこられたんじゃないかと。

でなければ、イベントの会場に着いて「ひとり足りない」「マリちゃんがいない」と、みんな大さわぎしていたのかも……。

バスが動きだしました。

まぶしい太陽の光が、車内に差《さ》しこんできます。窓《まど》を少しだけ開けると、風がふきこんできました。なまぬるい空気のはずなのに、なぜだかひんやりして、思わず体がぶるっとふるえたのでした。

霊《れい》を呼《よ》ぶベンチ

川北亮司《かわきたりょうじ》

夏休みになって、一週間たった日の午後でした。

その日は猛暑日《もうしょび》で、外に出ただけでも、全身から汗《あせ》がふきだして、頭がクラクラしました。そんな中、ぼくは「特訓《とっくん》ゼミ」に遅刻《ちこく》しそうになって、汗《あせ》だくで自転車のペダルをこいでいたのです。

（な、なんで、家の時計《とけい》、止まってんだよ！）

ぼくが駅前の光栄《こうえい》アカデミーに向かって、町かどにある小さな「あけぼの公園」の横の道を走っていたときです。公園のベンチに、ぼくと同じくらいの年の男の子が、座《すわ》っているのが見えました。

ぼくは自転車を走らせながら、男の子をチラッと見ました。

（こんな暑いのに、あいつバカじゃないのかよ。なにして……）

そう思ったとき、ハッとしました。その男の子に、見覚《おぼ》えがあったからです。

同じ五年一組の横田《よこた》くんです。いっしょに遊んだことはなかったので、名字しかわかりません。横田《よこた》くんは、五年生になったばかりの四月に手術《しゅじゅつ》のために入院して、一学期の間ずっと学校を休んでいた子です。

（元気になったんだ……）

横田《よこた》くんの近くを自転車で通ると、横田《よこた》くんがぼくのほうを見ました。ぼくがあいさつ代わりに手をあげると、横田《よこた》くんも、にっこり笑《わら》って手をあげました。

それだけでした。

それだけでしたけど、うれしくなって自転車のスピードをあげると、公園のセミがぼくを追いかけるように、いっせいに鳴きはじめたのでした。

そんなことがあった日の夜です。

ぼくが自分の部屋《へや》でゲームをしているとき、お母《かあ》さんがやってきました。

「あと一回でやめるよ」

しかられると思って、ぼくは先回りをしていいました。ところが、お母《かあ》さんはなにもいわないで、だまって立っています。それだけでなく、目にはうっすらと涙《なみだ》がにじんでいるように見えました。

「……お母《かあ》さん、どうしたの？」

ぼくが声をかけると、お母《かあ》さんは壁《かべ》によりかかったまま、つらそうな顔で、小さなため息をつきました。

「ねえ、祐太《ゆうた》と同じ組の横田《よこた》くんって、覚《おぼ》えてる？」

「うん。きょう、あけぼの公園で会ったばかりだよ。太陽がギラギラで暑いのに、平気でベンチに座《すわ》ってたけど」

すると、お母《かあ》さんは「え？」と、驚《おどろ》いた声を出しました。

「きょう？」

「そうだよ。光栄《こうえい》の特訓《とっくん》ゼミに行くときだったから、二時ちょっとすぎかな」

「そんなこと、あるわけないでしょ」

「ほんとだってば、ウソじゃないよ！」

ぼくが大きな声でいうと、お母《かあ》さんは不思議《ふしぎ》そうな顔をして、手に持っていたスマホを見せました。スマホの画面は、担任《たんにん》の長谷川《はせがわ》先生からのメールでした。

『悲しいお知らせです。五年一組の横田一義《よこたかずよし》くんが、本日七月三十一日午後二時七分に、お亡《な》くなりになりました。お通夜《つや》とご葬儀《そうぎ》については、追ってご連絡《れんらく》いたします』

「祐太《ゆうた》。本当に横田《よこた》くんに会ったの？」

お母《かあ》さんに聞かれて、急に不安《ふあん》になりました。小さくうなずくのがやっとでした。

メールに書いてある「午後二時七分」は、公園で横田《よこた》くんに会ったころです。

ぼくは声が出せませんでした。頭の中がからっぽになった気がして、なにをどう考えていいかもわかりません。

「祐太《ゆうた》。お母《かあ》さんと、お葬式《そうしき》に出席《しゅっせき》するわよ。横田《よこた》くん、本当にかわいそう……」

お母《かあ》さんは、ひとりごとをいいながら、部屋《へや》を出ていきました。

ぼくが、「あけぼの公園」で会った男の子は、本当に横田《よこた》くんだったのかどうか、だんだん自信《じしん》がなくなってきました。

ひどい暑さのせいで、似《に》たような顔の子を、見ちがえたのかもしれません。でももしそうなら、ぼくが手をあげたとき、どうして手をあげてくれたのかわかりません。男の子も、ぼくに似《に》ている誰《だれ》かと、見ちがえたのでしょうか。そんな偶然《ぐうぜん》があるのでしょうか。

なにしろ本物の横田《よこた》くんは、きょうの午後二時七分に亡《な》くなっているのです。

（どうなってるんだろう……）

いろいろ考えても、よくわかりません。幽霊《ゆうれい》になった横田《よこた》くんが、なにか不思議《ふしぎ》な力で、「あけぼの公園」に現《あらわ》れたとしか思えません。

ぼくはそのとき、光栄《こうえい》アカデミーの友だちを思い出して、グループラインにひとことと書きこみました。

『幽霊《ゆうれい》に会った！』

すぐに、たくさんのことばが、つぎつぎに書きこまれました。

『すっげーっ！』『男？　女？』『熱中症《ねっちゅうしょう》バズーカ！』『足ついてた？』『ひま人！』『髪《かみ》長かった？』『日本人《にほん》の幽霊《ゆうれい》？』『生きてる？』『脳《のう》みそ１００度！』『おばけ〜』

でも、返事をする気になれませんでした。盛《も》り上がっているコメントをながめながら、つぶやきました。

「誰《だれ》だったんだろう……」

ぼくは、公園のベンチに座《すわ》っていた男の子の笑顔《えがお》を、ぼんやりと思い出していました。

横田《よこた》くんのお葬式《そうしき》の日です。

ぼくは黒の半ズボンに白いシャツを着て、お母《かあ》さんといっしょに団地《だんち》の集会所に行きました。集会所の入り口には、同じ五年一組の子どもとお母《かあ》さんたちも、たくさん集まっていました。みんな緊張《きんちょう》したようすです。夏休み中なので、久《ひさ》しぶりに会った友だちと話をしたくても、そんな雰囲気《ふんいき》ではありません。学校の先生たちも悲しい顔をして、ひそひそと声をかけ合っています。

集会所の中からは、お坊《ぼう》さんがお経《きょう》を読む声が聞こえていました。

ぼくはお焼香《しょうこう》をするために、お母《かあ》さんといっしょに列に並《なら》びました。いちばん前の人がお焼香《しょうこう》を終えると、つぎつぎに集会所から出ていきます。そのたびに、並《なら》んでいる人の列が、少しずつ前のほうに動いています。

列が少し動いて、前の人の体の向こうに、大きな写真がちょっとだけ見えました。横田《よこた》くんの遺影《いえい》にちがいありません。

また少し列が動いて、こんどは飾《かざ》ってある写真の全部が見えたとき、心臓《しんぞう》が止まりかけました。それは「あけぼの公園」のベンチで、ぼくに向かって笑《わら》いながら手をあげた男の子と、なにからなにまでそっくりだったのです。

ぼくがかたまっていると、お母《かあ》さんが背中《せなか》を押《お》しました。

「早くしなさい」

お香《こう》をつまんだぼくの指は、ぶるぶると震《ふる》えていました。見ちがいではありません。「あけぼの公園」のベンチに座《すわ》っていた男の子は、本当に横田《よこた》くんの幽霊《ゆうれい》だったのです。


ぼくは、「あけぼの公園」には、近づかないようにしようと思いました。もしまた横田《よこた》くんの幽霊《ゆうれい》に会ったら、やっぱりこわいからです。

ところが、光栄《こうえい》アカデミーに行くと、すぐに六年生の松本《まつもと》さんが、目をかがやかせて声をかけてきたのです。

「ねえねえ。あたし超能力《ちょうのうりょく》とかに、すっごく興味《きょうみ》があるの。さっき、五年生の子から聞いたんだけど、幽霊《ゆうれい》に会ったって本当？」

ぼくが小さくうなずくと、松本《まつもと》さんはすぐに聞きました。

「きょう、ゼミが終わったら、幽霊《ゆうれい》を見たところに連《つ》れていってほしいの。ね、お願《ねが》い」

松本《まつもと》さんは真剣《しんけん》な目で、両手を合わせて拝《おが》むように頭をさげました。グループラインに書きこまれたような、ふざけた感じは全然《ぜんぜん》ありません。ぼくはちょっと考えてから、うなずきました。

学年別《べつ》の「特訓《とっくん》ゼミ」が終わると、松本《まつもと》さんといっしょに、自転車に乗って公園に向かいました。

「きみは霊感《れいかん》が強いから、死んだ横田《よこた》くんの霊魂《れいこん》を、キャッチできたんだわ。このまえ読んだ本に書いてあったけど、霊感《れいかん》の強い人といっしょにいるだけで、霊能力《れいのうりょく》が高まるんですって！」

松本《まつもと》さんは、さっきからすごく興奮《こうふん》して、うれしそうにしゃべっています。

「いいわね、いいわね。実際《じっさい》に幽霊《ゆうれい》に会えたなんて、すっごく羨《うらや》ましいわ。きみの力を借《か》りて、あたしも早く霊感《れいかん》を強くしたいわ」

そういわれて、ぼくはくすぐったい気持ちで、ペダルをこいでいました。

信号《しんごう》をわたって左にまがると、すぐに「あけぼの公園」です。公園の中には誰《だれ》もいなかったので、ホッとして自転車をおりました。

「公園のどこに幽霊《ゆうれい》がいたの？」

「そこのベンチです」

木のベンチを指さすと、松本《まつもと》さんはベンチをなでながらいいました。

「きっとこのベンチが、霊感交信《れいかんこうしん》の中継《ちゅうけい》アンテナになって、横田《よこた》くんの霊魂《れいこん》をここに呼《よ》びよせたんだわ」

松本《まつもと》さんは、ぼくをベンチに座《すわ》らせると、スマホで何枚《なんまい》も写真をとりました。

「ちょっと聞きたいんだけど、横田《よこた》くんと、どんな話をしたの？」

松本《まつもと》さんは、またベンチをなでています。

「話はしなかったけど、あそこの道で、こうやって手をあげてあいさつしたら、ここにいた横田《よこた》くんも笑《わら》いながら手をあげて……」

すると、松本《まつもと》さんは、小さく何度もうなずいて、うれしそうです。

「それならよかったわ。横田《よこた》くんは天国に行く前に、きみにあいさつにきたのよ。友だちになってくれて、ありがとうって」

でも、ぼくは困《こま》りました。横田《よこた》くんとは、いっしょに遊んだことはないのです。ぼくがそのことを正直に話すと、松本《まつもと》さんは、すぐにいいました。

「それじゃあ、横田《よこた》くんは、きみと友だちになりたかったのかもね。手をあげてあいさつしてくれたから、うれしかったのよ。恨《うら》んでいたりしたら大変《たいへん》だけど、よかった、よかった」

松本《まつもと》さんは、にこにこして話すと、ぼくの体験《たいけん》を夏休みの宿題に書くといって、自転車に乗って帰っていきました。

ぼくは松本《まつもと》さんにいわれて、心の底《そこ》からホッとしました。それだけでなく、横田《よこた》くんが友だちになりたがっていたのかと思うと、なんだかすごく、うれしくなったのでした。

横田《よこた》くんの幽霊《ゆうれい》に出会ってから二カ月たつと、夏の暑さがウソのように涼《すず》しくなりました。町のあちこちでは、セミにかわって、秋の虫がにぎやかに鳴いています。暗くなるのも、ずいぶん早くなりました。

そんなある日の夕方のことです。

光栄《こうえい》アカデミーの帰りに、いつものように「あけぼの公園」の横の道を、自転車で家に向かっているときでした。ぼくは思わず、自転車のスピードを落としました。

横田《よこた》くんの幽霊《ゆうれい》が座《すわ》っていたベンチに、めずらしく男の人が座《すわ》っています。街灯《がいとう》が遠くにあるので、顔ははっきり見えません。でも、背中《せなか》の体つきがお父《とう》さんに似《に》ている気がして、不思議《ふしぎ》な胸騒《むなさわ》ぎがしたのです。

ぼくは少し離《はな》れたところで、音を立てないように、ゆっくり自転車を止めました。

(もしかして……)

その先は考えたくありません。でも、やっぱりこわいことを考えてしまいます。

ぼくは公園の木にかくれて、男の人を観察《かんさつ》するしかなくなりました。

ベンチに座《すわ》っている男の人は、下を向いたまま、じっとして動きません。一分たっても二分たっても、そのまま座《すわ》っています。

しばらくすると、ようやく手が動きました。スマホの画面の光が顔を下から照《て》らすと、ぼくは息をするのも忘《わす》れました。やっぱりお父《とう》さんに似《に》ているのです。

(ど、どうしよう……)

ぼくはドキドキしたまま身動きができません。恐《おそ》ろしさに、だんだん我慢《がまん》できなくなってきたとき、いいことを思いつきました。お母《かあ》さんに電話をして、お父《とう》さんのことを確《たし》かめればいいのです。

ポケットからスマホを出して電話をかけると、すぐにつながりました。でも、大きな声は出せません。それに、これまでずっと緊張《きんちょう》していたせいで、のどがカラカラでした。

「も、もしもし……、もしもし……」

「祐太《ゆうた》、どうしたの？　早く帰ってきなさい。今夜は祐太《ゆうた》の大好《だいす》きなカレーにしたわよ」

ぼくは手で口もとをかくして、必死《ひっし》でことばを押《お》しだしました。

「もしもし、お、お、お父《とう》さんは、生きてる？」

「？　変《へん》なこといわないでよ。え？　なに？　どうしたの？　……いま、どこにいるの？」

お母《かあ》さんの声が、急に大きくなりました。

「横田《よこた》くんの幽霊《ゆうれい》と会った、あけぼの公園だけど……」

「え!?」

そのときです。ベンチに座《すわ》っていた男の人が、ゆっくり立ち上がって、ぼくのほうに向かって歩いてきたのです。

ぼくは小さな声で、お母《かあ》さんにいいました。

「こ、こっちにくる」

「電話は切らないで！」

公園から出てきた男の人は、まっすぐこっちに歩いてきます。

ぼくの心臓《しんぞう》はドキドキして、いまにも破裂《はれつ》しそうでした。すると男の人は、途中《とちゅう》で急に足を止めました。うす暗がりの中で男の人は、こっちを見ているようです。でもぼくは、生つばを飲みこむのがやっとでした。

男の人はしばらくだまったまま、ぼくのほうをじっと見つづけてから、ようやく声を出しました。

「……あれ？　祐太《ゆうた》か？」

その声は、まちがいなくお父《とう》さんでした。幽霊《ゆうれい》ではなく生きているお父《とう》さんの声でした。

ぼくはこれまでの緊張《きんちょう》が一気にゆるんで、夢中《むちゅう》で走りました。

「生きててよかった！　幽霊《ゆうれい》じゃなくてよかった！」

ぼくがお父《とう》さんに抱《だ》きつくと、お父《とう》さんは大声で笑《わら》いました。

「生きてる、生きてる！」

そういって、ぼくの肩《かた》に手を回してくれたときです。ぼくが手に持っていたスマホから、お母《かあ》さんのうれしそうな笑《わら》い声が聞こえたのでした。

通せんぼ

野村《のむら》一秋《かずあき》

修平《しゅうへい》が転校してきたのは一学期の始業式の日だから、ぼくたちが知り合ってひと月とちょっと。いつのまにか仲《なか》よくなって、近ごろじゃあ、毎日のようにいっしょに帰っている。クラスで背《せ》がいちばん高いぼくと、いちばん低《ひく》い修平《しゅうへい》だけど、ふしぎと気が合う。小学校最後《さいご》の学年で、やっと親友ができそうだ。

きょうも、前の学校の話を聞きながら、ふたりでならんで歩いていた。となりの市だけど、ここよりはずいぶんと都会っぽくて、学校のまわりにも家のまわりにも、田んぼや畑がなかったそうだ。全校児童《じどう》が少なくて、どの学年も一クラスしかなかったというのにもおどろいた。

ふたりで歩く道路の両側《りょうがわ》には、新しい家が立ちならんでいた。ここは、ぼくが低学《ていがく》年《ねん》のころまでは田んぼだった。この地域《ちいき》の田んぼも、そのうちになくなるのかもしれない。修平《しゅうへい》の話を聞きながら、そんなことを考えていた。

住宅地《じゅうたくち》のまん中にある公園にさしかかったときだ。子どもの泣《な》き声が聞こえてきた。見ると、ブランコのそばで、小さな女の子がしゃがんでいた。年中さんくらいだろうか。

「どうしたんだろ?」

「どうしたのかな?」

ぼくと修平《しゅうへい》の声が重なった。

行ってみると、女の子はひざをすりむいていた。砂《すな》のついたひざには血がにじんでいる。ブランコから落ちたんだろうか。公園には、ほかにだれもいない。きっと、ひとりで遊んでいたんだ。

「だいじょうぶ、かすりキズだから。キズ口を水できれいに洗《あら》っておけば、すぐに治《なお》ると思うよ。洗《あら》ってあげるから、おいで」

修平《しゅうへい》は女の子を水飲み場につれていくと、チョロチョロと水をかけながら、ティッシュできれいにふいていった。手ぎわのよさが、保健室《ほけんしつ》の先生みたいだ。

「こんな小さな子が、ひとりで遠くまで遊びにくるようなことはないから、家はきっとこの近くだと思うんだけど……。おうちはどこなの？」

修平《しゅうへい》が聞いても、女の子は泣《な》くばかり。

泣《な》き声を聞きつけてお母《かあ》さんが来てくれるのを待っているんだろうか。

ぼくも女の子のとなりにしゃがんだ。で、空を見上げて、

「あれっ、あんなところに、白いパンツがうかんでる。大きなパンツだなあ」

と言うと、ぼくにつられて、女の子も空を見上げる。

「ちがうよ。あれはね、雲なの。パンツはお空にういたりしないんだよ」

女の子が笑《わら》った。

「毛糸のパンツかと思ったら、パンツ形の雲だった」

と、ぼくも笑《わら》いかえした。

「もう、いたくないよね？」

「うん、ありがとう」

そう言うと、女の子は手をふりながら、公園の前に建《た》つ家に入っていった。

「すごいなあ。純一《じゅんいち》くんって、保育士《ほいくし》さんみたいだね」

修平《しゅうへい》が目を丸くしている。からかっているんじゃなくて、心からそう思っている顔だ。

「修平《しゅうへい》くんだって、すごいよ。保健室《ほけんしつ》の先生みたいだった」

「前に、新聞で読んだことがあるんだ。ちょっとしたケガなら、水できれいに洗《あら》えばいいって書いてあったから」

「小学生なのに、新聞を読んでいるの？」

「学校で新聞を使った授業《じゅぎょう》があってね、それで……」

「へぇ、そうなんだ」

ぼくが大きくうなずくと、修平《しゅうへい》はてれくさそうに笑《わら》った。

こういうところが好《す》きなんだな。ぼくは修平《しゅうへい》がすごいとすなおに思えるし、修平《しゅうへい》もぼくのことをみとめてくれていると思うから。

修平《しゅうへい》とは、コンビニの前で別《わか》れる。修平《しゅうへい》の家はコンビニの横の坂を上った、みどり台だと聞いている。まだ遊びにいったことはないけど、だいたいの見当はつく。

ぼくはコンビニの前を通って、あと二十分くらい歩かないといけない。家は学区のはずれだ。

カーン、カンカンカンカン。

ふみきりの前まで行くと、赤いランプが点滅《てんめつ》して警報機《けいほうき》が鳴りだした。ぼくはふみきりをわたらないから、そのまま通り過《す》ぎようとしたんだけど。

あれっ？

警報機《けいほうき》が鳴っているのに、白い軽自動車がゆっくりとふみきりの中に入ってきた。

カンカンカンカン。

すーっと遮断機《しゃだんき》のサオが下りてきた。

通せんぼをされて出られないと思ったんだろうか。車はふみきりのまん中で止まってしまった。

と思ったら、運転席《うんてんせき》からおばあさんがおりてきた。

どうする気なんだろう。

カンカンカン。

おばあさんは、黒と黄色のしまもようのサオを持ち上げてみたり、おしてみたり。

サオと車の間を行ったり来たり。

「なにやってるの。車からおりてきちゃだめだよ。早くもどって！」

自分でもびっくりするくらい、大きな声を出していた。

でも、おばあさんは、ぽかんとつっ立ったままだ。

カンカンカンカン。

「車でサオをおして出るんだよ。車に乗ったまま進んでくればいいから。早く車にもどって。早くしないと電車が来ちゃう」

ようやく、わかってくれたみたいだ。おばあさんはいそいで車に乗りこんだ。

いつか父《とう》さんの車で町へ出かけたときに、遮断機《しゃだんき》のサオに、「サオを車で押《お》して出る」という表示《ひょうじ》がついているのを見た。父《とう》さんに聞いたら、おせばサオは上がるから、ふみきりの中に閉《と》じこめられたら、止まらずにおして出ればいいと教えてくれた。

カンカンカン。

なにをしてるんだ？　もたもたしてたら、電車が来ちゃうのに。

いつまでたっても車は動かない。運転席《うんてんせき》のおばあさんは下を向いたままだ。エンジンをかけようとしているんだろうけど……。

カンカンカンカン。

まわりを見ても、だれもいない。車も通らない。ぼくは遮断機《しゃだんき》の前で見ているだけで、なにもできない。

どうしたのかなあ。なんで動かないのかなあ。まさか、故障《こしょう》なんてことは……。どうか、そんなことにはなっていませんように。

カンカンカンカン。

警報機《けいほうき》が鳴りだして、どのくらいで電車は来るんだろう。ふみきりの前で待たされるときには長く感じるけど、きっと一分も待っているようなことはないと思う。その半分ぐらいだろうか。

だとしたら、もう電車が来るはずだ。

カンカンカンカン。

車体がブルンとふるえた。エンジンがかかったんだ。

「もうすぐ電車が来るから。早くふみきりから出て。こっちに来て、早く！」

サオを持ち上げて待っているのに。

ぼくの声は聞こえていないんだろう。おばあさんはまだ下を向いている。ごそごそとなにかやっていて、顔を上げない。

もしかして、車の動かし方がわからなくなっている？

ファーン、ファーン！

電車の警笛《けいてき》だ。きっと運転士《うんてんし》さんが車に気づいたんだ。

遠くに電車が見えてきた。

カンカンカンカン。

プァーン、プァーン！
車はまだ動きださない。おばあさんはパニックになってるのかもしれない。
カンカンカンカン。
プァーン、プァーン！
キィーッ！
警笛《けいてき》といっしょにブレーキの音も聞こえる。
プァーン、プァーン、プァーン！
キィーッ！
警笛《けいてき》もブレーキの音も、どんどん大きくなってくる。
「電車が来ちゃったよ。早くふみきりから出ないと。車を動かして！」
声をからしてさけぶ。
ああーっ、もうだめかも……。
おばあさんが顔を上げた。
と同時に、車が動いた。

よかった。やっと動いてくれた。

ゆっくりとこっちに進んでくる。

電車はすぐそこまで来ていた。運転士《うんてんし》さんの顔が見える。

カンカンカンカン。

プァーン、プァーン、プァーン！

キィーーッ、キィーーッ！

「あっ、あぶない！　ぶつかる……」

サオを上げて待つぼくの横を、白い軽自動車がすれすれで通っていった。

おばあさんの車と入れかわるように、電車がふみきりにつっこんできたのは、その瞬間《しゅんかん》だった。

プァーーーーーン！

キキキキィーーッ、キィッ！

ものすごい音を立てながら、先頭の車両が通り過《す》ぎて……。

止まった。

電車がふみきりをふさいで止まっている。
カンカンカン。
警報《けいほう》機《き》は鳴りつづけている。
車も、ふみきりを出た先で、エンジンをかけたまま止まっていた。
ぼくが車にかけよると、おばあさんはぼんやりと前を見ていた。
窓《まど》ガラスをコンコンとたたいたら、はっとした顔でふり向いた。
窓《まど》を開けて、
「ありがとうね。あんたのおかげで、助かったわ。ほんとに、ありがとう」
おばあさんは、肩《かた》で大きく息をしながら、とぎれとぎれに言った。顔がまっ青《さお》だ。
ハンドルをにぎる手がこきざみにふるえている。
「よかったぁ。どうなるかと思った。ぶつからなくてよかったね」
プァーン。
止まっていた電車が、しずかに動きだした。
おばあさんの車もゆっくりと走りだす。

ほっとしたとたん、ぼくはからだの力がぬけて、その場にすわりこんだ。

つぎの日の朝、ぼくは教室で、修平《しゅうへい》が登校してくるのを待っていた。もちろん、ふみきりのことを話すためだ。まだ、父《とう》さんや母《かあ》さんには話していない。だれよりも先に、修平《しゅうへい》に話したかったから。

ぼくの話を聞いたら、修平《しゅうへい》はどんな顔をするだろう。なんと言ってくれるだろう。ゆうべはそのことを考えていて、なかなかねつけなかった。

「おはよう」

教室に入ってきた修平《しゅうへい》に、ぼくが手を上げると、

「おはよう」

修平《しゅうへい》も手を上げて、こたえてくれた。

きっとぼくは、話したくってたまらないという顔をしていたんだろう。修平《しゅうへい》はつくえの上にランドセルを置《お》くと、にこにこしながら近よってきた。

「なに？　どうしたの？　なにか、いい話？」

「きのう、修平《しゅうへい》くんと別《わか》れたあとにね、ふみきりでたいへんなことがあったんだ。まあ、正確《せいかく》に言うと、たいへんなことがおきるところだったんだけど……」

ぼくは、警報機《けいほうき》が鳴りだしてから、軽自動車が間一髪《かんいっぱつ》のところでふみきりを出て、電車が運転を再開《さいかい》するまでのことをくわしく話した。車がふみきりの外へ出てくるのをずっと待っていたときの気持ちや、そのあとのおばあさんのようすも話した。

修平《しゅうへい》はときどき大きくうなずきながら、だまってぼくの話を聞いていてくれた。

そんなに時間はかからなかったと思うけど、ぼくが話し終えると、修平《しゅうへい》がフーッと息をついて、にっこり笑《わら》った。

「よかったね、おばあさんがぶじで。もし、電車がその車に衝突《しょうとつ》していたら、大事故《だいじこ》になっていたと思う。で、大事故《だいじこ》になって、そのおばあさんが死んじゃったら、純一《じゅんいち》くんがおばあさんを車にもどしたわけだから、純一《じゅんいち》くんもたいへんなことに……」

「えっ、どういうこと？　ぼくがおばあさんを車にもどしたから……、そうか、ぼくがおばあさんを……」

あのとき、車からおりてきたおばあさんに、ぼくは車にもどれと言った。

もし、あのまま、ふみきりの中で車が止まっていたら、電車は衝突《しょうとつ》していた。で、中のおばあさんはきっと死んでいただろう。そうなったら、ぼくがおばあさんを殺《ころ》したことになるんだ。あのとき、ぼくは車からおりてきたおばあさんに、車に乗って出てくるように言ったんだから。ぼくは、電車が衝突《しょうとつ》するかもしれない車に、おばあさんを乗せてしまったんだ。

ふみきりの、あのときのようすが目にうかんできた。警報機《けいほうき》や警笛《けいてき》、ブレーキの音が、頭の中で鳴りひびく。

電車がせまってくるふみきりの中で、おばあさんはひとり車に乗って、どんなにかこわかっただろう。

なかなか動きださなかった車、まっ青《さお》だった顔、ふるえていた手。そのわけがわかったような気がした。

「ふみきりには非常《ひじょう》ボタンがあると思うんだ。まずはそれをおして、電車に知らせたほうがよかったかもしれないね」

「そうか、そうだよね。ぼくはあのとき、サオをおして出るってことしか頭になかった。非常《ひじょう》ボタンをおせばよかったんだ」

あのふみきりにも非常《ひじょう》ボタンはある。いつも前を通っているから、赤字で「非常《ひじょう》ボタン」と書いてあるのも知っている。

ぼくはおばあさんを助けたと思って、よろこんでいたけど……。あのとき、車が動きだすのがあと少しおそかったら……。

ぼくは、おばあさんを殺《ころ》していた。

通せんぼをしていたのは遮断機《しゃだんき》のサオだと思っていたけど、ほんとはぼくだったのかもしれない。

ふみきりから出られて、よかった。おばあさんが死ななくて、ほんとうによかった。

がたがた

せいのあつこ

息が白い。すぐ横の窓《まど》ガラスから冷気《れいき》がくる。わたしは、くちびるをかんで折《お》り紙を二つに折《お》った。六年一組の教室のいちばん前に貼《は》ってあるカレンダーはもう十二月だ。

クリスマスが近いのよ、と、家では母《かあ》さんがにこにこしながら、大きな星をつけたクリスマスツリーを飾《かざ》ったり、クリスマスソングのＣＤ《シーディー》をかけたりしてる。

（大人《おとな》はいいなあ。学校に行かなくていいんだもの）

わたしは、折《お》り紙にぎゅっとつめをたてた。
「三橋《みつはし》さんに折《お》り紙をとどけに行こうよ」
と、となりの席《せき》で瑠璃花《るりか》が言った。
そうだよ、折《お》ってもらわなきゃ、と、さやかが折《お》り紙をびしりと折《お》った。
三橋《みつはし》さんってめいわくだよね、と、奏《かなで》がうなずいた。
わたしはうつむいて折《お》り紙を折《お》った。
三橋《みつはし》さん、は智美《ともみ》ちゃんの名字だ。少し前までは「智美《ともみ》ちゃん」と呼《よ》ばれてたのに。
瑠璃花《るりか》たちにきらわれたら、きっとクラスに居《い》づらくなる。

折《お》り紙で花を作るのはけっこう時間がかかった。まにあわないから、休み時間もわたしたちは花を作ってる。授業《じゅぎょう》でこの学期中に班《はん》で作品を作ることになり、瑠璃花《るりか》、さやか、奏《かなで》、それから、わたしと智美《ともみ》ちゃんの五人が同じ班《はん》になった。そして、わたしたちは、二百枚《まい》の折《お》り紙で花を作って黒い布《ぬの》に縫《ぬ》いつける作品に決めた。

五人で絶対《ぜったい》にがんばろうね、と約束《やくそく》した。ところがこのごろ、智美《ともみ》ちゃんは風邪《かぜ》でよく学校を休んだ。

また、風邪《かぜ》だって！　と、今日《きょう》も瑠璃花《るりか》があきれた声を出し、絶対《ぜったい》にずる休みよね、と、さやかと奏《かなで》が口々に言った。

（たぶん、本当に風邪《かぜ》で休んでるのに）

わたしは折《お》りあげた花を机《つくえ》の上に置《お》いた。

母《かあ》さんと智美《ともみ》ちゃんのお母《かあ》さんは仲《なか》がいい。だから智美《ともみ》ちゃんが冬に風邪《かぜ》をよくひくことは知ってる。それに智美《ともみ》ちゃんとは小さいころはよく会ってた。誕生日《たんじょうび》のお祝《いわ》いをしてもらったこともある。だけど、智美《ともみ》ちゃんからのプレゼントの赤い花柄《はながら》のハンカチは好《この》みじゃなかったし、母《かあ》さんたちのおしゃべりを聞きながら、智美《ともみ》ちゃんと食べるケーキはあまりおいしくなかった。小学生になって母《かあ》さんのお出かけについていかなくなってからは、智美《ともみ》ちゃんと話していない。高学年になってはじめて同じクラスになったけど、智美《ともみ》ちゃんはクラスでおとなしそうな子たちのグループにいたので、話をすることはあまりなかった。

「でも、本当の風邪《かぜ》みたいだよ」

折《お》り紙を折《お》りながら、わたしは瑠璃花《るりか》たちのおしゃべりの中に入ろうとした。

「智美《ともみ》ちゃんは寒くなると、よく風邪《かぜ》をひくんだって」

そう言うと、ふっと、空気が変《か》わった。わたしは目を大きくした。

「めぐみちゃんは三橋《みつはし》さんの仲間《なかま》？」

奏《かなで》に聞かれた。他の二人《ふたり》もこっちを見ている。

むこう側《がわ》とこちら側《がわ》に、ぴしりと線が引かれようとしてる。

心臓《しんぞう》が、どきりと音をたてた。

「仲間《なかま》じゃないよ」

わたしは、あわてて言った。

だって、別《べつ》に、智美《ともみ》ちゃんとそんなに話したこともないし、いっしょにいて楽しいと思ったこともないもの。絶対《ぜったい》に仲間《なかま》なんかじゃない。

——だから、わたしも、みんなのほうに入れて。

三人はわたしを見ていた。

そっか、と、言って、瑠璃花《るりか》が、わたしに、にこりとした。

空気が変《か》わった。さやかや奏《かなで》もにこにこしてる。

「じゃ、今日《きょう》、四人みんなで三橋《みつはし》さんの家に折《お》り紙をとどけに行こうよ」

瑠璃花《るりか》が言った。わたしはにぎりしめていた折《お》り紙を机《つくえ》の上に置《お》いた。

「みんなで」という言葉が、ひりひりと、うれしかった。


学校が終わると一度家に帰ってから、自転車で智美《ともみ》ちゃんの家に行った。瑠璃花《るりか》とさやかと奏《かなで》はもう先に着いていたらしく、待っていた。

めぐみちゃんが押《お》したら？と、瑠璃花《るりか》に指され、わたしは智美《ともみ》ちゃんの家の呼《よ》び鈴《りん》を押《お》した。

あの、大原《おおはら》めぐみです、と、インターホンに向かって言うと、

「……めぐみちゃん？」

智美《ともみ》ちゃんの声が聞こえた。

(ちゃんづけで呼《よ》ばなくていいのに)

わたしは、インターホンを手でふさいだ。

すぐ行くね、と、智美《ともみ》ちゃんのうれしそうな声が、手でふさいだインターホンから聞こえた。


ドアが開き、パジャマにニットの上着をはおった智美《ともみ》ちゃんが出てきた。

そして、わたしたちを見ると目を大きくし、後ずさりした。

「ほんとに風邪《かぜ》だったんだ」

瑠璃花《るりか》がつまらなさそうに言った。

「でも作品が、まにあわないんだけど」

さやかが一歩前に出ると、折《お》り紙のたばを智美《ともみ》ちゃんに、ぐいと、さしだした。

「それ、三橋《みつはし》さんの分。折《お》っておいてね」

と、奏《かなで》が言った。

ごめんなさい、と、小さな声で言うと、智美《ともみ》ちゃんは折《お》り紙をかかえた。

「めぐみちゃんもなにか言いなよ」

と、瑠璃花《るりか》がわたしに言った。いやな空気が流れていた。

わたしは息をのみこんだ。

（……智美《ともみ》ちゃんが風邪《かぜ》をひくからいけないんだよ。それに、智美《ともみ》ちゃんはクラスでおとなしいけど、本当はきっと、わたしより強いでしょ？　わたしは智美《ともみ》ちゃんより強くないから、瑠璃花《るりか》たちと仲間《なかま》でなきゃいけないの）

智美《ともみ》ちゃんと目が合った。

「……早く折《お》ってね。みんな、めいわくしてるから」

わたしは、瑠璃花《るりか》が気に入りそうなことを言った。

智美《ともみ》ちゃんは目を大きくした。

そうだよね！　と、瑠璃花《るりか》とさやかと奏《かなで》が、すぐに言った。

ほっとした。

智美《ともみ》ちゃんは、くるりと向きを変《か》え、走って家の中に入ると、ドアを閉《し》めてしまった。

変《へん》なの、と、瑠璃花《るりか》が口をとがらせた。


それから、わたしは瑠璃花《るりか》たちとショッピングモールへ行った。店内にクリスマスソングが流れていた。フードコートで瑠璃花《るりか》たちとテーブルについた。いっしょにたのんだピンクのチョコでトッピングされたクレープがおいしかった。

クレープを食べるとみんなで自転車置《お》き場に行き、そこで解散《かいさん》になった。

また明日《あした》ね、と、手をふりながら、わたしは自転車のペダルをふんだ。


ショッピングモールの敷地《しきち》から出ようとしたときだった。

ダウンジャケットのポケットに入れていたスマホが鳴った。わたしは自転車を止めてから、スマホを耳にあてた。

あの、めぐみちゃん？　と、聞き覚《おぼ》えのある声がした。わたしは目を大きくした。

――ごめんなさいね。お母《かあ》さんから番号を聞いたの。智美《ともみ》の母です。

心臓《しんぞう》が音をたてた。

――智美《ともみ》がすごく泣《な》いているんです。めぐみちゃんがあんなことを言うと思わなかったって。……あの、少し話をしてやってくれませんか？

「……はい」

手がふるえた。……泣《な》かせるつもりなんてなかったのに。

すぐにスマホから智美《ともみ》ちゃんの声が聞こえた。泣《な》いてるみたいだ。

「……めぐみちゃんとは、友だちだと思ってた」

「……ごめん」

わたしはスマホのむこうの智美《ともみ》ちゃんに言った。

だけど、と、心の中で、ぐっと声をのみこんだ。

（だってしかたないよ。わたしも瑠璃花《るりか》たちから、きらわれたらよかったの？）

スマホのむこうで智美《ともみ》ちゃんが泣《な》いてる。

（むりだよ。わたし、智美《ともみ》ちゃんのこと、そこまで好《す》きじゃないもの）

わたしは自転車のグリップをにぎった。夕焼《ゆうや》け色の雲がどんどん暗くなり、街灯《がいとう》がぼんやりと点《とも》りはじめた。時々、車道を走ってゆく車のライトがまぶしい。

「ごめん。暗くなってきたから」

わたしは、スマホのむこうの智美《ともみ》ちゃんに言った。

「……わかった。また明日《あした》ね」

と、智美《ともみ》ちゃんの小さな声がした。

（むり。約束《やくそく》なんてしたくない）

わたしはだまった。泣《な》かせたのは悪かったけど、智美《ともみ》ちゃんの仲間《なかま》になりたくない。

「じゃ、切るね」

と、切るね、という言葉に力をこめて、わたしはスマホを切った。画面を見ると、着信履歴《ちゃくしんりれき》に智美《ともみ》ちゃんの番号がくっきりと残《のこ》っていた。すばやくボタンを押《お》して、智美《ともみ》ちゃんの番号を消した。

（しかたないもの。わたしは悪くない）

スマホをポケットにしっかりとしまうと、わたしはつぶやいた。空はもう真っ暗だった。

瑠璃花《るりか》たちにきらわれたくない。でも、智美《ともみ》ちゃんともどうしていいかわからない。

……誰《だれ》かに話を聞いてほしい。でも、こんなこと、学校じゃ話せない。

……智美《ともみ》ちゃんを泣《な》かせたなんて、母《かあ》さんにも絶対《ぜったい》に話せない。

ぐっと息をのみこんで、自転車のペダルをふんだ。

(でも平気だよ。わたしは悪くないもの)

わたしはつぶやいた。そのとき、ふっと、遠くの暗がりの中に赤い火が見えた。たき火よりももっと暗い赤い火が燃《も》えてる。いつのまにかどこも真っ暗で、ほんのりと明るい場所はそこだけだった。

(……あの火はなに?)

首をかしげたとき、がたがたと音がして、自転車の後ろのタイヤが左右にぐらぐらとゆれた。

わたしは自転車から飛《と》びおりた。後ろを見た。右、左を見た。誰《だれ》もいない。

（なんだろう？　どこかこわれた？）

後ろのタイヤをさわってみた。どこもゆるんでない。

わたしはまた自転車に乗った。やっぱり自転車の後ろが、がたがたと音をたててゆれる。

だんだんと自転車のライトの光が小さくなり、ふっと消えた。

（こわれてる？）

わたしは自転車を止めようとした。

風が動く。すぐ横を大きな自転車がゆっくりと通り過《す》ぎた。

ライトの消えた自転車。男の人がペダルをふみながら、がたがたと笑《わら》っていた。

別《べつ》の自転車があらわれた。乗っているのは女の人だ。がたがたとふるえてる。

たくさんの人が通り過《す》ぎてゆく。歩いている人もいた。みんな、がたがたとふるえながら赤い火に向かって進んでいるように見えた。

連《つら》なる影《かげ》。

遠くの暗くて赤い火は、だいじょうぶ、あなたは悪くないよと、あたたかく抱《だ》きし

めてくれそうな気がしてきた。

（あの火のそばに行こう）

わたしもたくさんの人といっしょに、火をめざして自転車をこいだ。

がたがたと自転車がゆれる。赤い火がだんだんと大きくなる。

瑠璃花《るりか》、さやか、奏《かなで》の様子、いやな空気、泣《な》かせた智美《ともみ》ちゃんの声が、ばらり、ばらりと大きな火の粉《こ》のようになって降《ふ》ってきた。

わたしは首を横にふって、ふりはらった。

（……平気だよ。わたしは悪くないもの！）

さけぶと、赤い火が大きく燃《も》えあがった。

そのとき、

――本当に？　平気なの？

と、ひとすじの声が聞こえたような気がした。自転車が、がくんと、なにかにぶつかった。ぎゅっと目をつぶって、わたしはブレーキをかけた。

ひざが痛《いた》い。

わたしは起きあがった。自転車が倒《たお》れていた。

たくさんの人たちも、遠くの真っ暗な暗がりも、赤い火も消えていた。

ここはショッピングモールにいちばん近い道だ。見なれた街灯《がいとう》が光ってる。

(なんだったんだろう)

わたしは自転車を起こした。がたがたとゆれていた自転車が、しんと、静《しず》かになっている。首をかしげて自転車のグリップをにぎった。

そのとき、

――がたがた。

と、大きくゆれた。わたしは目を見ひらいた。

自転車じゃない。わたしの胸《むね》が音をたてて鳴ってる。

がたがた。
がたがた。

瑠璃花《るりか》、さやか、奏《かなで》の顔、泣《な》かせた智美《ともみ》ちゃんの声が一度に心の中に広がった。
がたがたと胸《むね》がふるえ、体がふるえだした。

……本当は平気じゃない。自分のやったことが、こわくてしかたない。

瑠璃花《るりか》が気に入りそうなことを智美《ともみ》ちゃんに言って、泣《な》かせてしまった。
だけど瑠璃花《るりか》たちにきらわれたら、わたしはクラスでどうすればいいの？
わたしは自転車のグリップをにぎりしめた。
こんなに、こわくてしかたないのに。
こんなに、いやでしかたないのに。
……これからも、わたしは瑠璃花《るりか》たちにきらわれないように、智美《ともみ》ちゃんにひどいことを言い続《つづ》けるかも……きっと。たぶん。そうだ。
胸《むね》が、がたがたとふるえ、涙《なみだ》が落ちた。

ショッピングモールから、クリスマスソングが聞こえてきた。
わたしは目をこすって空を見あげた。暗い空だった。月もない。星も見えない。
(どうしてこんなに暗いの？　……ひとつくらい明るい星が見えたっていいのに)
わたしは涙《なみだ》といっしょに目をこすりながら、星をさがした。

あっちの茶の間

田部智子《たべともこ》

「あれ?」

夕飯《ゆうはん》のあと、トイレから出たときのことだった。わたしは、向かいの暗い階段《かいだん》の横から、小さな光がもれているのに気づいた。

「なんだろう……」

わたしは階段《かいだん》を三段《だん》上って、その光に目を近づけた……。

そのときわたしが住んでいた家は、けっこう古かった。雨もりするほどではないけれど、廊下《ろうか》や階段《かいだん》はギシギシ鳴るし、窓《まど》やドアは開け閉《し》めのたびにひっかかって、ガタピシいう。窓枠《まどわく》や壁《かべ》にすきまがあるらしく、ストーブをつけてもうすら寒かった。

両親と小六のわたし、二歳《さい》年下の健也《けんや》、年取った祖母《そぼ》の五人家族は、ふだんタタミの茶の間で過《す》ごす。

冬にはこたつを出して、ミカンを食べながらそろってテレビを見るという、昭和の家族のお手本のような一家だ。

幸せって大声で言うほどではないけれど、まあまあおだやかな日々。

そんなどこにでもあるような家で、わたしが見つけたものは……。

光のもとは、壁板《かべいた》の小さなすきまだった。目をくっつけてのぞいてみると、穴《あな》の向こうに見えたのは、いつもの茶の間。

え？　この壁《かべ》の向こうは茶の間だっけ？

苦労《くろう》して、頭の中で家の中の地図を作ってみる。うーん、たぶんそうなんだろう。

一応納得《いちおうなっとく》し、あらためて穴《あな》をのぞく。

こたつの向こう正面には、おばあちゃん。メガネをかけて、縫《ぬ》い物をしている。健也《けんや》が寝《ね》そべってマンガを読み、お父《とう》さんは夕刊《ゆうかん》を手に、ときどきちらっと目を上げてこっちを見る。こっちの方向にはテレビが置《お》いてあるから、ニュースを気にしてるんだな。

お母《かあ》さんは、奥《おく》の台所で洗《あら》い物をしているはず。

わたしもいままであそこにいた。健也《けんや》の横のこたつ布団《ぶとん》が、ちょっとめくれているのはその証拠《しょうこ》。でも、なんだか不思議《ふしぎ》な気がした。

いつも見慣《な》れた茶の間なのに、この穴《あな》を通すと、ぜんぜんちがう世界のような気がする。自分のうちを、テレビで見ているようだ。

「お姉《ねえ》ちゃんはどこだい？」

おばあちゃんが、半分落ちかかったメガネごしに健也《けんや》を見て言った。聞こえてくる声は、こもったように小さい。

「トイレじゃん？　さっき、くっせーオナラしてたから、おっきい方かも」

ウソばっか！　オナラなんてしてない。

「こら、健也《けんや》。女の子にそんなこと言うもんじゃないよ」

おばあちゃんが顔をしかめる。

健也《けんや》はペロッと舌《した》を出して、またマンガに目をもどした。おばあちゃんも、しかたがないねえと、縫《ぬ》い物にもどる。

「智子《ともこ》は、買ってやった本を読んだのかな」

お父《とう》さんが夕刊《ゆうかん》を見ながらつぶやいた。

「ああ、あれ？　『お父《とう》さんの買ってくる本は、つまんない。シャーロック・ホームズならよかったのに』って言ってたよ」

「……」

もう、健也《けんや》ったら、よけいなことばっかり！　これ以上留守《いじょうるす》にしてたら、なにを言われるかわからない。

わたしはあわてて、二階に上がり、自分の部屋《へや》から買ってもらった本を持ってくると、茶の間にもどった。

わたしは黙《だま》ってこたつにもぐりこみ、本を読みはじめる。

お父《とう》さんも健也《けんや》も、なにも言わなかった。

*　　*　　*

その日から、階段《かいだん》の小さな穴《あな》は、わたしのささやかな秘密《ひみつ》になった。息を殺《ころ》して、穴《あな》から茶の間をのぞいていると、特《とく》になにがあるわけじゃなくても、なぜかどきどきした。

たまに、大きな足音をたてて階段《かいだん》を上り、自分の部屋《へや》に行ったふりをして、そっと穴《あな》のところまでもどってきたりもした。

なんでそんなことをしたんだろう。

たぶん、自分がいないところで、家族の重大な秘密《ひみつ》が語られるかもしれないという、怖《こわ》いもの見たさがあったんだと思う。

＊　＊　＊

ある晩《ばん》のこと、夕飯《ゆうはん》のあとに、わたしは自分の部屋《へや》で宿題をするふりをして、またあの穴《あな》をのぞいていた。

静《しず》かな茶の間。テレビのニュースアナウンサーの声だけが、単調《たんちょう》に流れている。

「ちゃんと埋《う》めたのかい？」

いきなり、おばあちゃんが縫《ぬ》い物から目を上げて、健也《けんや》に聞いた。

「うん、埋《う》めた」

健也《けんや》はマンガから顔も上げずに答える。

「埋《う》めたあと、土をならしておいたろうね？」

「大丈夫《だいじょうぶ》だって！」

埋《う》めた？　なにを埋《う》めたのだろう。

「……となりの様子は？」

お父《とう》さんが夕刊《ゆうかん》ごしに、お茶を飲んでいたお母《かあ》さんにたずねる。

「なにも。物音ひとつ、しませんよ」

「電気もついてないしね」

おばあちゃんがメガネをずり上げながらつけ足した。お父《とう》さんはため息をついた。

「それじゃ、やっぱり……」

「……考えないようにしましょ」

お母《かあ》さんの言葉に、ほかの三人はうなずき、それきり黙《だま》りこんでしまった。

なんのことだろう。少し鼓動《こどう》が速まった。

ほら、やっぱり家族の秘密《ひみつ》はあるんだ。

＊　　＊　　＊

次の晩《ばん》、わたしはまた階段《かいだん》の三段《だん》目で、穴《あな》をのぞいていた。秘密《ひみつ》の続《つづ》きがまた聞けるかもしれないと思うと、やめることができなかったのだ。

「どうなんだろうな、となり……」

お父《とう》さんが、ひとりごとのようにつぶやく。

「午前中に、行ってみたんですけどね」

お母《かあ》さんが、こたつ板の上を布巾《ふきん》でふきながら言うと、お父《とう》さんが目をむいた。

「行ったのか!!」

「ええ、気になって……。きのうのままでした。玄関《げんかん》に倒《たお》れているまま」

しばらくみんなは言葉を失《うしな》ったようだったが、おばあちゃんがぽつりと言った。

「勇気《ゆうき》があるよね。わたしにゃ、できないよ」

おばあちゃんは白いまゆげをよせて、感心したように何度もうなずく。

倒《たお》れてる？　勇気《ゆうき》がある？

ちなみにとなりの家には、がんこで人づきあいの悪いおじいさんが、ひとりで暮《く》らしている。

いつもなにかに文句《もんく》をつけてる人で、特《とく》に子どもは目のかたき。健也《けんや》は何度も被害《ひがい》にあっていた。おとなしいわたしですら、どなられたことが一度や二度ではない。

「どうしたもんか……」

お父《とう》さんがうなった。

「おれは、放っとけばいいと思うよ」

健也《けんや》がぼそっと言った。

「ジゴウジトクってヤツじゃないの?」

「そうはいってもねえ……」

お母《かあ》さんの目が泳ぐ。いきなり台所へ立つと、果物《くだもの》かごを持ってきた。

「ミカン、食べます?」

だれも返事をしなかった。

＊　＊　＊

次の日の朝の茶の間で、わたしは食パンにバターをぬりながら、気になることを思い切って口に出してみた。

「となりのおじいさん、元気かな……」

「プッ！　なあに、智子《ともこ》ったら突然《とつぜん》」

お母《かあ》さんが、牛乳《ぎゅうにゅう》のコップを片手《かたて》にふきだした。

「いままでおとなりさんのことなんか、気にしたこともないのに」

「もしかしてお姉《ねえ》ちゃん、となりのじいさんのこと、好《す》きだったのか？　げーっ、趣《しゅ》味《み》わるーい！」

健也《けんや》が白目をむいて、吐《は》くまねをする。いつもと変《か》わらない反応《はんのう》だ。

「おとといも、ゴミの車にいちゃもんつけてたよ。残念《ざんねん》ながら元気だね、あれは」

おばあちゃんの遠慮《えんりょ》のなさも、いつものこと。とても秘密《ひみつ》があるようには思えない。

そうだ、あのときおじいさんは、ゴミ収集車《しゅうしゅうしゃ》の人をどなりつけていたんだ。門を出たわたしはぎょっとして、気づかれないようにそろそろと後ろを通りすぎた。

しばらく歩いてから、こわごわふりかえってみると、おじいさんは道にかがみこみ、なにかを拾い上げたところだった。

わたしははっとして、手に持っていた本を見た。

しおりがない！　なかよしの千絵《ちえ》ちゃんにもらった、大事な手作りのしおり……。

しかたない……。

わたしはそのまま、泣《な》く泣《な》く学校へ向かった。あんなおじいさん、いなくなればいいのに。心の中で、そう思いながら。

穴《あな》の向こうの茶の間は、本当にいつもの茶の間なんだろうか。

それとも、わたしがそうならいいなと思ったために、できてしまった、別《べつ》の茶の間なんだろうか。

＊　＊　＊

「なにか、変《か》わりは？」

その晩《ばん》、穴《あな》の向こうでお父《とう》さんが聞いた。

「朝から何度も電話が鳴ってたみたいです。もちろん、だれも出ませんけど」

お母《かあ》さんは、疲《つか》れた顔でそう答えた。

「だれからだろう……」

お父《とう》さんがまゆをよせると、おばあちゃんが身を乗り出した。

「となりは、子どもがふたりいたろ？　両方とも、仕事で遠方に住んでるって聞いたよ。奥《おく》さんが生きてたときにね。たぶん、その子のどっちかかも」

「親のこと、心配してるんだろうか……」

お父《とう》さんがため息まじりに言った。

「いい子たちだったよ」

おばあちゃんが片手《かたて》をふる。

「あのじいさんも、家族がいたころは、あんなんじゃなかったからね。無口《むくち》だったけど、理不尽《りふじん》なことはしなかったよ」

「奥《おく》さんが亡《な》くなってから、さみしかったんでしょうね」

お母《かあ》さんもしんみりと言った。が、健也《けんや》は腰《こし》を浮《う》かせて、大声を出した。

「だからって、あんなに、なんにでも切れるじじいで、いいわけないじゃん！」

いかる健也《けんや》に、おばあちゃんがうなずく。

「そりゃ、そうだ。自分がさみしいからって、人に当たり散《ち》らしていいってもんじゃない。そんなことは、理由になりゃしないよ」

お父《とう》さんが一声うなって、腕《うで》ぐみをする。

「……そうか、そろそろまずいか……」

するとお母《かあ》さんが背中《せなか》をついと伸《の》ばし、肩《かた》をいからせて言いはなった。

「見つかったっていいじゃありませんか！　こっちは黙《だま》っていればいいんです。わたしたちには、一切《いっさい》、関《かか》わりのないことなんですから」

しーんと茶の間が静《しず》まりかえった。

「……肝《きも》がすわってるね、あんたは……」

おばあちゃんが声をひそめて言った。

「子どもを守るためですから」

きっぱりと断言《だんげん》するお母《かあ》さん。また沈黙《ちんもく》が茶の間を支配《しはい》して、みんなはそれぞれくちびるをかみしめている。

そのとき……。

茶の間に人影《ひとかげ》が飛《と》びこんできた。

「ごめんなさい‼」

その人影《ひとかげ》はそう叫《さけ》ぶと、泣《な》きながらお母《かあ》さんにしがみついた。

「ごめんなさい、わたしのせいで。わたしがあんなことしなければ……」

「智子《ともこ》！」

あ……、あれはわたし⁉

おばあちゃんは手を伸《の》ばして、向こうのわたしの頭をなでている。

「よしよし、智子《ともこ》はなんにもしてないよ。道に落とした大事なしおりを、返してもらおうと思った。ただ、それだけだろ？」

そして、急にとがった声を出す。

「あいつが、勝手に転んで頭を打っただけなんだよ！」

「でもわたし、本を投げつけて、それが頭に当たって……」

泣《な》きながら言うわたしを、お父《とう》さんが冷静《れいせい》な声でなだめる。

「ささいなことでどなりつけられて、怖《こわ》かったんだ。しかたがないことだよ」

「大丈夫《だいじょうぶ》だよ、お姉《ねえ》ちゃん。あの本はおれが庭のすみっこに埋《う》めたから」

健也《けんや》が力強くうなずいてみせた。

「ごめんね、ごめんね……」

向こうにいるわたしは、お母《かあ》さんにしがみついて泣《な》きじゃくっている。

こちら側《がわ》のわたしは、凍《こお》りついたまま動けなかった。あれは……、あれはわたし？

じゃあ、こっちのわたしは……、だれ？

混乱《こんらん》しているうちに、向こうのわたしがゆっくりと身をおこした。そして、いきなりこちらを見る。

あっちの茶の間の五人のするどい視線《しせん》が、いっせいに小さな穴《あな》を通りぬけた。そして、わたしに突《つ》き刺《さ》さる！

わたしは、はっと身を引いた。

わかってる。言わない。

絶対《ぜったい》、だれにも……。

犬の思い出

岡《おか》　信子《のぶこ》

小学四年生の春休み、私《わたし》は、叔父夫婦《おじふうふ》の子どもになりました。叔父《おじ》の家は中野《なかの》、実父母の家は代々木八幡《よよぎはちまん》で、電車で二十分ほどしかはなれていません。

叔父《おじ》の仕事は、歯医者さんです。

叔父夫婦《おじふうふ》には子どもがいないため、四人姉妹の三番目だった私《わたし》が、養女《ようじょ》として迎《むか》えられたのです。

九歳《さい》になるまで二人《ふたり》の姉と妹、それから二頭の犬たちといっしょに過《す》ごしてきた日々は、毎日がとても楽しくてにぎやかでした。

夕食後のかたづけのときは、まず、声の美しい二番目の姉が歌いはじめます。つづいて、いちばん上の姉、そして私《わたし》と妹がコーラスに加《くわ》わって、キッチンには四姉妹の歌声が夜ごと、ひびきわたりました。

すると庭の犬小屋で、私《わたし》たちのコーラスをきいていた犬たちまでが、楽しそうに声をそろえてほえるようになったのです。

叔父《おじ》の家の娘《むすめ》になってから何年たった今も、私《わたし》は姉や妹、庭の犬たちといっしょに歌った夕暮《ゆうぐ》れの日々を思いだすと、なつかしさで胸《むね》がじーんとしてしまいます。

新学期になりました。

新しい小学校の五年生に転入すると、すぐにお友だちができました。家の近くの「しいちゃん」です。本名は静子《しずこ》というのですが、私《わたし》は、しいちゃんと呼《よ》んでいました。

しいちゃんの家はつくだ煮《に》屋さんで、お父《とう》さんとお母《かあ》さんは、つくだ煮《に》を作ったり、袋《ふくろ》に詰《つ》めたり、店にならべたりして、いつも忙《いそが》しそうに働《はたら》いていました。

しいちゃんは、学校から帰ると、すぐに末《すえ》っ子の一歳《さい》の弟をおんぶして、二歳《さい》の弟と三歳《さい》の妹をつれて、私《わたし》の家に遊びにやってきます。

最初《さいしょ》、しいちゃんが遊びにきたとき、私《わたし》はとてもおどろきました。

「わあ、しいちゃん、きょうだいがいっぱいいるのね。ほかにも学校に行ってる子が、たしか二人《ふたり》いたわよね」

しいちゃんは、うふふと笑《わら》って、

「そうよ」

ちょっと得意《とくい》そうな顔になって答えます。

そのころ、しいちゃんのところのように、きょうだいが五人も六人もいる家は、決してめずらしくなかったのです。

はじめのころ、私《わたし》はしいちゃんたちと自分の部屋《へや》で遊んでいました。でも、小さな弟や妹たちの高い声や、走りまわる足音が、あまりにも活発で、元気いっぱいだったのでしょう。

ある日、二階の診療室《しんりょうしつ》から、叔父《おじ》が下りてきて、いいました。

「きょうはいい天気だぞ。部屋《へや》にとじこもってばかりいるのはもったいない。こういう日は、外で遊びなさい」

近くには、公園もありました。

「はーい」

「はーい」

私《わたし》たちは元気よく返事をして、みんなでばたばたと家を飛《と》びだしました。それ以《い》来《らい》、外で遊ぶ日が続《つづ》いて、私《わたし》はしだいに、叔父《おじ》の家での生活になじんでいったのです。


もうすぐ夏休みという、七月の土曜日でした。学校から帰ると、玄関《げんかん》に見なれたくつが二人《ふたり》分、ならんでいました。

だれがきたのか、すぐにわかりました。

〈お母《かあ》さんと、つぎちゃんだ〉

「ただいまー」

大声で言いながら、居間《いま》へ入っていくと、妹の亜子《つぎこ》の顔が見えました。

「おかえりなさーい」

と、亜子《つぎこ》が言って、とびついてきました。

大人《おとな》ばかりの中にいて、退屈《たいくつ》していたのでしょう。うれしそうです。

亜子《つぎこ》は、私《わたし》を引っぱって、いいました。

「お姉《ねえ》ちゃん、遊ぼう。ほら、まり、持ってきたのよ」

花もようの、まりを、目の前にさしだします。

「わあ、きれいなまりね」

「ね、遊ぼう」

「よーし。じゃあ、キャッチボールしようか」

「うん。しようしよう」

私《わたし》と亜子《つぎこ》は、まりを持って外に出ると、さっそくキャッチボールをはじめました。

「いくわよー」

「いいわよー」

家の前の道はせまいので、車が入ってきません。人もあまり通らないので、私《わたし》たちはのんびりと、まりを野球のボールに見たてて、投げては受け取り、受け取っては投げ返す、キャッチボールを続《つづ》けました。

久《ひさ》しぶりに楽しむ、きょうだい同士《どうし》の遊びに夢中《むちゅう》になりました。

しばらくたって、そろそろ一休みしようかなと思ったときです。それまで、あたりを明るくてらしていた太陽が、いきなりぶ厚《あつ》い雲のかげにかくれたのでしょうか。空が、ふっと暗くなりました。

同時に、思ってもいなかったことが起こりました。とつぜん、私《わたし》の左の足もとを、うす茶色の体をした生き物がすりぬけ、こっちを向いている亜子《つぎこ》の顔めがけて、とびついたのです。

「あっ」

小さくさけんだときは、手おくれでした。その生き物は、妹の顔にするどい牙《きば》をたててかみつくと、すぐにはなれて、道の向こうに走り去っていったからです。

「きゃあー」

顔を両手でおさえて、大きな声でさけびながら、妹は私《わたし》のほうに駆《か》け寄《よ》ってきました。

「こわい、痛《いた》い、こわい……」

逃《に》げていく後《うし》ろ姿《すがた》をたしかめると、うす茶色の生き物は、小型《こがた》の雑種犬《ざっしゅけん》でした。野良犬《のらいぬ》にちがいありません。

あまりにも一瞬《いっしゅん》のことだったので、何が起きたのかも、はっきりわかりません。でも、妹はこわがって、痛《いた》がって、泣《な》いています。

早く妹を、何とかしなければ……。

そう思った私《わたし》は、妹をかかえると、引きずるようにして家までもどり、ドアをあけて、さけびました。

「たいへん、たいへんなの」

「どうしたの？」

飛《と》びだしてきた母や叔母《おば》、奥《おく》の部屋《へや》から出てきた祖母《そぼ》までが、声をそろえてききました。

「亜子《つぎこ》が犬にかまれたの」

「何ですって」

「どこをかまれたの？」

妹は、顔にかまれたあとがくっきりと残《のこ》っていて、血がにじみでています。

「病院に！」

母がさけび、叔母《おば》がいいました。

「とりあえず、花田《はなだ》先生にみてもらいましょう。急いで、急いで」

「さあ、早く、早く」

みんな、あわてています。

花田医院《はなだいいん》は、家から七軒《けん》先にある内科のお医者さんです。妹は母に背負《せお》われて、叔《お》母《ば》といっしょに花田医院《はなだいいん》へと向かいました。

私《わたし》といっしょに三人を見送りながら、祖母《そぼ》がぽつりといいました。

「あんたがいながら、どうしてこんなことに……。どこの犬にかまれたの」

私《わたし》は、だまって下を向きました。犬がどこからきたかなんて、わかりません。それに、私《わたし》の大好《だいす》きな犬が、どうして妹にあんなことをしたのかも、わからないのです。

「野良犬《のらいぬ》なの?」

「たぶん……」

犬はとつぜん、私《わたし》の背後《はいご》からやってきたのです。〈どうすることもできなかったの〉という言葉を心の中でつぶやいて、私《わたし》はただ立ちつくしていました。

翌日《よくじつ》、母からの電話で悪い知らせがとどきました。

「亜子《つぎこ》をかんで、逃《に》げていった犬だけど、狂犬病《きょうけんびょう》だったのよ」

私《わたし》は、目の前が真っ暗になりました。

狂犬病《きょうけんびょう》とは、狂犬病《きょうけんびょう》のウイルスを持つ動物に、かまれたり引っかかれたりしてできた傷口《きずぐち》から、病気をもたらすウイルスが侵入《しんにゅう》して感染《かんせん》する病気です。

発病すると、高熱《こうねつ》が出て、全身にけいれんが起こり、よだれがとまらなくなったり、水を見たり飲んだりすると、ふるえがきたり、のどが痛《いた》くなったりと、とてもつらい症状《しょうじょう》が起きるのです。

しかも、いったん発病すると、効果的《こうかてき》な治療法《ちりょうほう》がありません。その人は九九パーセント死んでしまうという、それはおそろしい病気でした。

妹はその日から、目黒《めぐろ》にある伝染病《でんせんびょう》研究所へ通うことになりました。

「とにかく、いまのうちに完全《かんぜん》に治療《ちりょう》して、ぜったいに発病させてはいけない」

母は気持ちを強くもって、妹といっしょに研究所へ通い続《つづ》けていました。

叔父《おじ》の家で暮《く》らしている私《わたし》は、毎日、気が気ではありません。

「大丈夫《だいじょうぶ》。亜子《つぎこ》ちゃんは強いからね。お医者さまのいうことをしっかりきいて、治療《ちりょう》に専念《せんねん》すれば、きっとよくなるわよ」

叔母《おば》がなぐさめてくれます。

ワクチンの注射《ちゅうしゃ》を何度も打って、発病を食いとめるために、狂犬病《きょうけんびょう》とたたかうのです。

私《わたし》は、家でじっとしていられなくなって、一度、母と妹について研究所に行きました。

待合室で名前を呼《よ》ばれて、治療室《ちりょうしつ》に入る妹についていくと、看護師《かんごし》さんは手ぎわよく、妹の上衣《じょうい》をぬがせました。

「はい。そこにすわって」

やせた妹の背中《せなか》は、骨《ほね》が浮《う》き上がっています。その背中《せなか》のまん中あたりに、看護師《かんごし》さんはブスリと、太い注射針《ちゅうしゃばり》を突《つ》きさしました。

〈あ、痛《いた》い!〉

私《わたし》は心の中で思わずさけぶと、目をとじて、肩《かた》をすくめました。

「はい。終わりましたよ」

看護師《かんごし》さんが、やさしい声で妹に語りかけます。

「きょうも、えらかったわね」

つぎに看護師《かんごし》さんは、そばで見ている私《わたし》のほうを向くと、言いました。

「妹さんね、すごくがまん強いのよ。一度も痛《いた》いって言ったことがないの。えらいわあ。みんな感心しているのよ」

ということは、いまの注射《ちゅうしゃ》はそうとう痛《いた》かったのでしょう。

自分がほめられたみたいな気持ちになって、私《わたし》がほほえみかけると、妹は、ほほえみ返してくれました。

こうして、妹の研究所通いは、それからしばらく続《つづ》きました。

ようやく、すべての治療《ちりょう》が終わったとき、

「この子、一度も弱音をはかなかったのよ。たいしたものだわ」

毎回、いっしょについていった母が自慢《じまん》顔でいうのをきいて、〈ほんとね〉と、私《わたし》は心の中でうなずきました。

あの日、妹が狂犬《きょうけん》にかまれたことは、すぐに私《わたし》の家のまわりの人々に伝《つた》わりました。

「かんだのは、野良犬《のらいぬ》だったそうだ」

「ということは、ほかの野良犬《のらいぬ》も、狂犬病《きょうけんびょう》にかかっているかもしれない」

狂犬病《きょうけんびょう》は、犬や人間だけではなく、猫《ねこ》やコウモリなどの動物にも伝染《でんせん》するのです。

「うろついている野良犬《のらいぬ》には、用心しないといけないな」

そう考えた人々は、野良犬《のらいぬ》の捕獲《ほかく》活動を積極的《せっきょくてき》にはじめました。

当時は、町や村のあちらこちらを、野良犬《のらいぬ》が歩きまわっていました。飼《か》い犬であっても、昼間は放し飼《が》いにしている家が、めずらしくありませんでした。

野良犬狩《のらいぬが》りの人たちは、公園や雑木林《ぞうきばやし》などに住みついている、飼《か》い主のいない犬をつかまえて、一カ所に集めるようになりました。

そうしてとらえられた犬たちのたどる運命は、決して幸せなものではありませんでした。

「つかまった野良犬《のらいぬ》はどうなるの？」

私《わたし》がきくと、叔母《おば》が答えました。

「飼《か》いたいっていう人がいれば、いいけれど。いないときは、しかたがないわねえ」

「しかたがないって……」

「また野良《のら》に返すわけにもいかないでしょうねえ」

つかまった犬が一カ所に集められて、飼《か》い主が見つからなかった場合、どうなってしまうのか、私《わたし》は答えをききたくありませんでした。叔母《おば》も、口をつぐんでしまいました。

「もし犬を飼《か》うことができたら、私《わたし》、ぜったい野良犬《のらいぬ》にはしないわ」

しばらく前から私《わたし》は、犬を飼《か》いたいという思いを、叔父《おじ》や叔母《おば》にそれとなく伝《つた》えていたのです。できれば、この家で自分の弟か妹になれるような、忠実《ちゅうじつ》でかわいい犬を……。

叔母《おば》は〈そうね〉と、うなずきました。

そんな折《おり》に、事件《じけん》が起きました。

「公園の池に、死んだ犬が浮《う》いていた」

「前足と後ろ足をしばられた犬が、道ばたで苦しんでいた」

「犬が、たたき殺《ころ》されていた」

私《わたし》の心は痛《いた》みました。狂犬病《きょうけんびょう》を恐《おそ》れる人間の手によって、ひどいめにあった犬のことを思うと、心臓《しんぞう》がドキドキしてきました。

妹が狂犬《きょうけん》にかまれたことがもとで、犬たちにこんなひどいことが起きるなんて……。

その年の十二月、そんな犬好《ず》きの私《わたし》の心を温めてくれる、予想もしていなかったことが起きました。

二十四日に行われた学校の終業式を終えて家に帰ると、いつもどおり、私《わたし》は自分の部屋《へや》にカバンをおきに行ったのです。

ドアをあけると、ベッドの横に大きなダンボール箱がおいてあるのに気がつきました。

「何かしら？」

近づくと、箱の中の白い毛布《もうふ》が、もごもごと動いています。そーっと毛布《もうふ》をつまみ上げました。

すると……目が合いました。真っ白い毛並《けな》みの子犬が、こちらを見あげて、しっぽを、はげしく左右にふっています。

「かわいいっ！　おいで」

そっと持ちあげて、胸《むね》に抱《だ》きました。

「くうーん」

子犬が甘《あま》えた声をあげて、長い舌《した》で私《わたし》のほっぺたをなめました。

「いっしょに暮《く》らそうね」

小声で語りかけると、私《わたし》のかわいい弟になった子犬が、

「くうーん」

と、うれしそうに答えました。

あの手が握《にぎ》りつぶしたもの

梨屋《なしや》アリエ

あたたかな春の午後だった。短縮授業《たんしゅくじゅぎょう》でいつもより早く帰宅《きたく》した有子《ありこ》は、家にランドセルを置《お》いてすぐ、自転車に乗って出かけた。

とくに用はなかったけれど、家でじっとしているのがもったいないような、心がふわふわ浮《う》いてしまうような陽気の日だ。有子《ありこ》には気になる人がいた。同じクラスになったばかりの隣《となり》の席《せき》の井崎《いざき》くんだ。その男の子が住んでいるあたりを、自転車でぐるっと一周《しゅう》してくるつもりだった。井崎《いざき》くんとは帰り道が逆《ぎゃく》方向で、正確《せいかく》な家の場所は知らない。でも、近くまで行けば、もしかしたらどこかでばったり会えるかも、と思ったのだ。

自転車で進みながら電信柱《でんしんばしら》の標識《ひょうしき》を見ていくと、四丁目、三丁目と井崎《いざき》くんが住む町名に近くなっていく。井崎《いざき》くんはたしか一丁目だと話していた。

小学校に曲がる道を過《す》ぎて二丁目まで来たとき、赤信号《しんごう》につかまった。ブレーキをかけると、顔に受けていた春風も止まる。

そのとたん有子《ありこ》の浮《う》かれていた気持ちにもブレーキがかかった。

そのあたりには、一度も来たことがなかった。なんの変哲《へんてつ》もない住宅地《じゅうたくち》だけれど、有子《ありこ》にとっては見知らぬ町だ。

もしも井崎《いざき》くんに会えたとして、「どこに行くの」ときかれたらどう答えよう。井《い》崎《ざき》くんに会いたかったんだよ、なんてことは言えない。そう考えたら、自分の行動が急に恥《は》ずかしく感じた。

信号《しんごう》が青になっても、有子《ありこ》は自転車をこぎだせなかった。

好《す》きだと思われて、嫌《きら》われたらいやだ。どんな人なんだろうと気になっているだけで、別《べつ》に、井崎《いざき》くんを好《す》きになるってまだ決めたわけじゃないし……。

やっぱり帰ろう。

気持ち良《よ》い天気だから、ちょっとサイクリングをしてみたかっただけ。有子《ありこ》は自転車を方向転換《てんかん》して、思い切り強くペダルを踏《ふ》み、来たときよりも速いスピードでぐんぐんこいだ。こげばこぐほど、赤く、熱《あつ》くなってしまった頬《ほお》に、風が強く当たって冷《さ》ましてくれる。

六丁目までもどってきたとき、いつもと違《ちが》う角を曲がった。来た道をもどるより、別《べつ》の道で帰ったほうがサイクリングらしくなると思ったからだ。いつもの通学路ではなく、車通りのある別《べつ》の道を通ってみることにした。

たまにダンプカーが轟音《ごうおん》を立てて通り過《す》ぎていく、車道と歩道がガードレールでわけられている道だ。

きれいに整備《せいび》された歩道を行くと、だんだん幅《はば》が狭《せま》くなってきた。車道のそばまで建物《たてもの》が迫《せま》っている場所があるのだ。

早く工事を進めて同じ幅《はば》になればいいのにな、と考えながら緩《ゆる》やかなカーブを進んでいくと、数人の人だかりと停《と》めた自転車が見えてきた。

こんなところに、なんだろう？

自転車の速度を落とし、足をついた。

そこは小さな青果店《せいかてん》の店先だった。集まっていたのは夕食の買い物に来た近所の人たちだ。歩道が狭《せま》いせいで、三、四人が店先にいるだけで通りにくくなっている。

「サービスするよ！」

と威勢《いせい》のいいおじさんの声が聞こえてきた。

人をよけるために車道に出たくても、そこにはガードレールの切れ目がない。おしゃべりに夢中《むちゅう》になっているおばさんたちにベルを鳴らすのは気が引ける。こちらに気づくよう「すみません」と声を出しながらお店の前を通るしかない。

自転車を降《お》りたほうがいい？　ううん、自転車を降《お》りて押《お》していくと幅《はば》をとっておばさんとすれ違《ちが》えそうにない。だったら自転車にまたがったまま足をついて進んでいったほうが通りやすいだろう。

知らない人から注目されたくないので大きな声を出さず、すみません、すみません

と小さく声をかけながら進めていく。やっとお店の半分まで通れたそのときだ。

ぐいっと強い力で、サドルの上の有子《ありこ》のおしり半分がわしづかみにつかまれた。

「よう、ねえちゃん！　いいケツしてんな！」

突然《とつぜん》のことに、有子《ありこ》の頭の中は真っ白になった。

青果店《せいかてん》のおじさんがつかんだのだ。それは親しみをこめたタッチではなかった。獲《え》物《もの》を捕《つか》まえるように、おしりの割《わ》れ目にそって握《にぎ》りしめるように痛《いた》いくらいに乱暴《らんぼう》にぐいぐいつかまれたのだ。

声も出ないほど驚《おどろ》いた。

「やめなさいよ。やあねえ」

お客のおばさんの声におじさんは「わはは！」と笑《わら》っていた。

恥《は》ずかしさから、その場から早く離《はな》れようとし、有子《ありこ》は強引《ごういん》に自転車を進めた。

そんなふうに人に体を触《さわ》られたのは初《はじ》めてだった。壊《こわ》れてもよいものをつかむように、乱暴《らんぼう》に。浮《う》かれていた有子《ありこ》の気持ちを握《にぎ》りつぶすように。しかも、おしりだ。友だちでもケンカをしたのでもないのに、白昼堂々《どうどう》と見ず知らずの小学生の女の子のおしりをつかむ大人《おとな》がいるなんて。

おしりの片側《かたがわ》がジンジンする。

冗談《じょうだん》だとしても、そんな触《さわ》り方はしないものだ。お兄《にい》ちゃんと大ゲンカをしたときだってそんなつかみ方をされたことは一度もなかった。だれかに自分のおしりを触《さわ》られたいと思ったことだって、一度もなかった。

自転車に乗りながら、体が震《ふる》えているのがわかった。ハンドルをつかむ指先まで、別《べつ》の生き物みたいにがたがた震《ふる》えだしている。力を入れてぎゅっと奥歯《おくば》をかみしめていないと、歯までかたかた鳴りだしてしまう。

なぜ？

わたしがいったいあのおじさんになにをしたというのか。

有子《ありこ》はじわじわとわきだしてくる涙《なみだ》に視界《しかい》を遮《さえぎ》られながら、自転車をこぎ続《つづ》けた。

怖《こわ》かった。

数秒間ぎゅっとつかまれただけなのに、なぜ泣《な》かなければならないのか、自分でもわからない。

手の甲《こう》で何度も涙《なみだ》をぬぐった。これはだれの、なんの涙《なみだ》なのかと思う。泣《な》いていたら変《へん》に思われる。泣《な》きやむために気をそらそうとして、有子《ありこ》はげんこつで自分の頭をたたきながら自転車をこいだ。春風はどこかに消えてしまった。まだ夜でもないのに、あたりは真っ暗にしか見えなかった。

家についても落ち着かなくて、服を着替《きが》えた。安心できる場所でぬいぐるみを抱《だ》いても、有子《ありこ》の全身はざわざわしていた。

いやだ。触《さわ》られた。いやだ。なんでわたしが？

気持ち悪い。知らない人なのに。お店の人なのに。わたしはまだ子どもなのに……。

なんのために触《さわ》ったの？

わたしがかわいいから？　そんなわけがない。かわいいと思ったら、いきなりおしりなんて触《さわ》らない。相手に好《す》きな気持ちがあるなら、もっと知りたいとか話をしたいとか思うはずだ。触《さわ》るとしたって、大人《おとな》だったら、子どもの頭をなでるのがふつうだろう。でも、有子《ありこ》は知らない大人《おとな》から頭をなでられるほど小さくはないのだ。

おじさんが褒《ほ》めたのは、わたしのことじゃない。

キンキンした嫌《いや》な声がよみがえってくる。

「よう、ねえちゃん！　いいケツしてんな！」

あのおじさんにとって、わたしはどこのだれでもない。大切に扱《あつか》わなくてはならない存在《そんざい》でもない。わたしは、ケツなのだ……。

謝《あやま》れ！　謝《あやま》れ！　謝《あやま》れ！

怖《こわ》かった！　怖《こわ》かった！　怖《こわ》かった！

気持ち悪さを体の外に出したい。わーっと声をあげて暴《あば》れたかった。だけど、有子《ありこ》はあのときの自分の態度《たいど》に対しても腹《はら》を立てずにいられなかった。

なんで悲鳴をあげなかったのか。

「やめてください」と言わなかったのか。

その場でやり返さなかったのか。

悔《くや》しくてたまらなかった。驚《おどろ》きすぎて、怖《こわ》すぎて、気持ち悪すぎて、そんなこと、できるわけがない。時間がたってからやっと体ががくがく震《ふる》えだすほど混乱《こんらん》していたのだ。なのに、黙《だま》って逃《に》げただけの自分の無力《むりょく》さが許《ゆる》せない。

大人《おとな》は大人《おとな》に対してだけエッチなことをするのだと思っていた。そしてそれは両想《りょうおも》いの恋人同士《こいびとどうし》や夫婦《ふうふ》になった人がするものだ。

だけど、そうじゃないことがある。

子どもに、一方的《いっぽうてき》に性的《せいてき》な興味《きょうみ》を示《しめ》す異常者《いじょうしゃ》がいる。

暴力的《ぼうりょくてき》な大人《おとな》がいる。

それはだれかが教えてくれなくても、小学校高学年になるころには、なんとなく気づいていた。だとしても、それが自分に向かってくることがあるなんて、どんな子どもも考えたりはしないだろう。自分がその被害者《ひがいしゃ》になるまでは。

しかも、それをする人は、ふつうの人の顔をして、同じ町でふつうに生活しているのだ。

あの青果店《せいかてん》のおじさんは間違《まちが》っている。絶対《ぜったい》にいけないことをした悪い人だ。

時間がたっても、恐怖感《きょうふかん》が薄《うす》れることはなかった。怖《こわ》さや嫌《いや》な気持ちに入り混《ま》じって、怒《いか》りの感情《かんじょう》も強くわくばかりだ。

だれかに話したい。だけど、恥《は》ずかしいし、考えただけであのときの怖《こわ》さとその後の悔《くや》しさで涙《なみだ》が出てきてしまって、言葉にできない。「おしり」という三文字がどうしても口に出せない。ケツなんて言葉も恥《は》ずかしくて親に言えなかった。

地元で商売をしている大の大人《おとな》が、子どものおしりに興味《きょうみ》を持つわけがない、と笑《わら》われるかもしれない。

逆《ぎゃく》に、自分がうそつきだとか自意識過剰《じいしきかじょう》だとかと責《せ》められるのではないかと思った。

大したことじゃないとか、からかわれただけでしょうとか、子どものくせにませたことを言うとか……、大人《おとな》は子どもの有子《ありこ》が言うことよりも悪いことをした大人《おとな》のほうをかばうような気がして、それも怖《こわ》かった。たかがおしりとか、一瞬《いっしゅん》のこととか、有子《ありこ》の気持ちをだれにも受け止めてもらえないかもしれないことも怖《こわ》かった。

言えない。

本当はつらいと言いたいのに、言葉が出てこない。小学生の有子《ありこ》が知っている言葉ではとても言い表せない。どんなに言葉を知っていても、みんなの前でマンホールの中に突《つ》き落とされたような、あの不快《ふかい》さや絶望的《ぜつぼうてき》な嫌悪感《けんおかん》は言い尽《つ》くせない。

かといって、簡単《かんたん》に忘《わす》れられるような出来事ではない。テレビを見ているときや別《べつ》のなにかをしているとき、あのゾッとした瞬間《しゅんかん》をふっと思い出すのだ。怖《こわ》さや悲しさ、悔《くや》しさや恥《は》ずかしさ、怒《いか》り、嫌《いや》な気持ち、ぐちゃぐちゃになった黒い感情《かんじょう》で自分の心が破《やぶ》れてバラバラになってしまいそうになる。

ぐいっとつかまれた汚《きたな》い感触《かんしょく》を、忘《わす》れたい。

あれは本当にあったことではないかもしれない。そう思おう。

でも、腕《うで》をつかまれたわけではないのだ。だれにもつかまれたことがない場所をつかまれた。だれも勝手につかんではいけない場所をいきなりつかまれたのだ。

有子《ありこ》は思った。

あの瞬間《しゅんかん》に心臓《しんぞう》が止まって死んでしまえたらよかった。そうしたら、みんなはおじさんが悪いことをしたのだとわかっただろう。

何週間もたってから、有子《ありこ》はやっとお母《かあ》さんに、青果店《せいかてん》のおじさんに「通りすがりに触《さわ》られた」と言うことができた。その一言だけで精《せい》いっぱいで、胸《むね》が苦しくなって声が出ない。どこをどういうふうに触《さわ》られたのかやそれ以来《いらい》どんな気持ちなのかまで話すことができなかった。

だから、お母《かあ》さんは有子《ありこ》がどれほど勇気《ゆうき》をふり絞《しぼ》って言ったことなのかわからずに、「ふうん」と聞き流しただけだ。

それ以上《いじょう》話そうとしても、有子《ありこ》が傷《きず》つくだけだった。お母《かあ》さんでさえこうなのだから、お父《とう》さんや他の人に気持ちを聞いてもらいたいとは思えるはずがなかった。

あの日から、有子《ありこ》は青果店《せいかてん》の前の道を通れなくなった。通学路ではないので不便《ふべん》はなかったけれど、たまたま通りそうになると、恐怖《きょうふ》の記憶《きおく》がよみがえり、心が握《にぎ》りつぶされるような気持ちになって引き返す。

親の車でその青果店《せいかてん》の前を通るときも、気分が悪くなるので顔をそむけて見ないようにした。その店の前の空気を吸《す》いたくないので、必《かなら》ず息も止めていた。

数年後に青果店《せいかてん》が閉店《へいてん》した。それでも店のシャッターを見ると、ぐちゃぐちゃした気持ちがよみがえって、具合が悪くなった。それから何十年もたって、青果店《せいかてん》の建物《たてもの》がその通りからなくなったのを目にしたとき、有子《ありこ》はやっと心の底《そこ》からホッとすることができた。

でも、有子《ありこ》が何十歳《さい》になっても、あのおじさんのしたことは絶対《ぜったい》に許《ゆる》さない。

有子《ありこ》は大人《おとな》になる途中《とちゅう》で、痴漢《ちかん》やセクシャルハラスメントの被害《ひがい》や性犯罪《せいはんざい》にあっている人が世の中にいることを知った。そして加害者《かがいしゃ》を責《せ》めるのでなく、その被害者《ひがいしゃ》に非《ひ》があるように言う意地悪な人がいることも知った。そのたびに、小学生のころ、たった三音の「おしり」ですら恥《は》ずかしくて口にすることもできなかったことや、助けてほしかったはずの親に真剣《しんけん》に受け止めてもらえなかったときの自分の悔《くや》しさと孤独《こどく》を思い出す。

もしも同じ思いをしている子どもがいたら知っていてほしい。あなたが悪いのではない。ひどい大人《おとな》はいるけれど、わかってくれる大人《おとな》も世の中にはいる。大人《おとな》たちは、だれもが安心して暮《く》らしていけるように世の中を変《か》えていかなくてはいけない。

大人《おとな》になった有子《ありこ》は、なぜあのときに自分が死んでしまえばよかったと思ったのかがわかるようになった。おじさんはからかうつもりだったとしても、被害者《ひがいしゃ》にとっては性的虐待《せいてきぎゃくたい》、性暴力《せいぼうりょく》の一つのつらい出来事だからだ。そういう被害《ひがい》にあうのは女の子だけでなく、男の子だっているそうだ。そして、あのおじさんのように、逆襲《ぎゃくしゅう》しそうにない弱い人や簡単《かんたん》に尊厳《そんげん》を奪《うば》い去れそうな子どもを見つけて、心や体を傷《きず》つけることで、自分が特別《とくべつ》になれたと錯覚《さっかく》する悪人は、今もいる。

もしも地獄《じごく》があるのだとしたら、あのおじさんもモノのように扱《あつか》われて、同じ恐怖《きょうふ》と孤独《こどく》と絶望《ぜつぼう》、そして消えてしまいたいほどの恥《は》ずかしさや自分の体への嫌悪感《けんおかん》を何百遍《ぺん》も味わえばいいと有子《ありこ》は思う。

著者プロフィール

みずのまい 「たったひとつの君との約束」略して「君約」シリーズ、「お願い!フェアリー」略して「おねフェア」シリーズは双方、大人気続刊中。

赤羽じゅんこ（あかはね・じゅんこ） 主な作品に『がむしゃら落語』（産経児童出版文化賞・ニッポン放送賞）、『カレー男がやってきた!』、「なみきビブリオバトル・ストーリー」（共著）シリーズなど。

竹内もと代（たけうち・もとよ） 石川県生まれ。『不思議の風ふく島』で日本児童文芸家協会賞、産経児童出版文化賞・フジテレビ賞受賞。主な作品に『菜緒のふしぎ物語』『土笛』『ふしぎねこりん丸』など。

吉野万理子（よしの・まりこ） 神奈川県出身。主な作品に『青空トランペット』『チームふたり』『時速47メートルの疾走』『いい人ランキング』『想い出あずかります』『ロバのサイン会』など。

川北亮司（かわきた・りょうじ） 東京都生まれ。主な作品に「ふたごの魔法つかい」シリーズ、「マリア探偵社」シリーズ。絵本に『はやくちことばで　おでんもおんせん』『びっくりゆうえんち』など。

野村一秋（のむら・かずあき） 愛知県生まれ。主な作品に『しょうぶだ　しょうぶ!　―先生VSぼく―』『ミルクが、にゅういんしたって?!』（児童文芸幼年文学賞）、『4年2組がやってきた』など。

せいのあつこ 大阪府生まれ。主な作品に『ガラスの壁のむこうがわ』『大林くんへの手紙』『名作転生3～主役コンプレックス』（共著）がある。

田部智子（たべ・ともこ） 東京都生まれ。主な作品に「パパとミッポ」シリーズ、「ユウレイ通り商店街」シリーズ、『手のひらにザクロ』『ハジメテノオト』、「幽霊探偵ハル」シリーズなど。

岡　信子（おか・のぶこ） 岐阜県に生まれ東京都で育つ。主な作品に『なかよしチムとターク』『花・ねこ・子犬・しゃぼん玉』（日本児童文芸家協会賞受賞）、『はなのみち』（小学一年生教科書掲載）など。

梨屋アリエ（なしや・ありえ） 栃木県生まれ。『でりばりぃAge』で講談社児童文学新人賞、『ピアニッシシモ』で児童文芸新人賞受賞。その他『ココロ屋』など著書多数。

編　者

たからしげる

大阪府生まれの東京都中野区育ち、千葉県市原市在住。立教大学社会学部社会学科卒業。産経新聞社で記者として働いているときに「フカシギ系。」シリーズで作家デビュー。主な作品に「絶品らーめん魔神亭」シリーズ、「フカシギ・スクール」シリーズ、『ふたご桜のひみつ』『盗まれたあした』『ギラの伝説』『さとるくんの怪物』『みつよのいた教室』『ラッキーパールズ』『プルーと満月のむこう』『想魔のいる街』『由宇の154日間』『３にん４きゃく、イヌ１ぴき』『ガリばあとなぞの石』など。ノンフィクションに『まぼろしの上総国府を探して』『伝記を読もう　伊能忠敬』など。絵本に『ねこがおしえてくれたよ』（久本直子絵）、訳書に「ザ・ワースト中学生」シリーズ（ジェームズ・パターソンほか著）、編者としてＰＨＰ研究所から「本当にあった？　世にも〈不思議〉〈奇妙〉〈不可解〉なお話」シリーズ（全３巻）がある。趣味は映画鑑賞とドラム演奏。

イラストレーター

shimano

神奈川県在住。イラストレーター。書籍の装画や挿絵など、幅広くイラストを手がける。主な装画に『僕が愛したすべての君へ』『君を愛したひとりの僕へ』『一番線に謎が到着します　若き鉄道員・夏目壮太の日常』『なくし物をお探しの方は二番線へ　鉄道員・夏目壮太の奮闘』『きみといたい、朽ち果てるまで　～絶望の街イタギリにて』『この世で最後のデートをきみと』などがある。

カバーデザイン：AFTERGLOW
イラスト：shimano
本文デザイン：印牧真和

本当にあった？　恐怖《きょうふ》のお話・魔《ま》

2018年３月６日　第１版第１刷発行

編　　者　たからしげる
発 行 者　瀬津　要
発 行 所　株式会社ＰＨＰ研究所
東京本部　〒135-8137　江東区豊洲5-6-52
児童書出版部　☎03-3520-9635(編集)
児童書普及部　☎03-3520-9634(販売)
京都本部　〒601-8411　京都市南区西九条北ノ内町11
PHP INTERFACE　https://www.php.co.jp/

制作協力
組　　版　株式会社ＰＨＰエディターズ・グループ
印 刷 所
製 本 所　図書印刷株式会社

ISBN978-4-569-78742-8

NDC913 ＜173＞P 20cm